ALVARADO

Novela

Roberto R. Azurdia

Roberto R. Azurdia

ALVARADO

El Doctor Roberto R. Azurdia es un novelista con
experiencia en la diplomacia, la milicia y la política. Es
autor del libro El Médico de Matías.

OTRA OBRA DEL AUTOR

El Médico de Matías

ALVARADO

Roberto R. Azurdia

Dedicatoria

Dedicado al Capitán Piloto Aviador Maurice Azurdia, de la
histórica aerolínea Trans World Airlines (TWA), quien ahora
comparte su experiencia como instructor de pilotos de la mayor
aerolínea del mundo, American Airlines.

Su versatilidad como piloto, ingeniero aeroespacial y editor de
libros técnicos y novelas es a lo que le debo la oportunidad de
haber podido publicar mis dos libros, los cuales sin su ayuda
hubieran quedado desechados en el limbo de la literatura muerta,
junto a muchas otras valiosas obras de escritores con talentos
desperdiciados, quienes no lograron disfrutar de los beneficios de
alguien que los supiera asesorar en el mundo de la cibernética y
los procesos para la publicación de un libro.

Capítulo 1

Aquella tarde el consejo de gobierno de la Capitanía General que gobernaba una colonia española en Centroamérica se encontraba reunido en el Palacio de los Capitánes, y ahí estaban en esa ocasión presentes los notables que lo integraban.

Por una puerta lateral del salón principal entraron cuatro hombres de diferentes edades que venían descalzos y con la ropa desgarrada y manchada de sangre. Los ayudaban a caminar los guardias del palacio.

—Aquí están los sobrevivientes que lograron escapar y recién llegaron—dijo el oficial de guardia quien los conducía. —Darán la información necesaria de lo que pasó en la mina del Cerro Azul y vienen a pedir ayuda para rescatar a sus compañeros que no pudieron escapar.

—Ni lo piensen, teniente—dijo el consejero Diego Montes de Oca, un gordo oficial jefe de la guardia local y miembro del consejo. —No tenemos aquí suficientes guardias, pero luego cuando nos lleguen los refuerzos hay que ir a rescatar ese oro de la Corona.

—Un momento, señor—dijo con voz colérica uno de los sobrevivientes—debemos salir ahora mismo con lo que tengamos y esperamos que no sea tarde. No por el maldito oro sino porque a varios de nuestros compañeros que capturaron los tenían ya en las jaulas de engorde, y ustedes talvez no lo saben, pero esas tribus atacantes venidas del norte son caníbales.

Hubo un momento de tenso silencio en la sala.

—¡Qué horror pensar en eso!—exclamó con voz chillona el Obispo Mandariaga de la congregación local. Considero que hay que rezar por esas pobres almas de los prisioneros.

—A callar—dijo la voz autoritaria del Capitán General Gobernador de la Colonia Don Pedro de Alvarado, un hombre joven rondando los treinta años—nunca abandonamos a los nuestros, ¿lo han entendido ustedes dos? De inmediato saldrán nuestras guardias disponibles para rescatar a esos prisioneros, a cualquier costo. El jefe de la guardia Montes de Oca, a quien según veo le preocupa mucho el oro de la Corona irá al mando, y debe salir ahora mismo.

—Pero señor, iremos a una muerte segura, esas tribus casi siempre son muy numerosas—exclamó Montes de Oca con voz temblorosa.

—Con menos hombres y cabalgaduras de los que usted llevará hemos enfrentado a esas tribus, pero sin miedo y con coraje—dijo el Gobernador—ya sabemos que ésta tribu que atacó ahora es de las más escuálidas y atrasadas. No acepto que la cobardía esté empezando a campear aquí. Mañana estaré yo mismo con mis oficiales y toda la gente que logre reunir, y espero, comendador, no encontrarlo a usted dentro de una de las jaulas de engorde. Y también, Monseñor Mandariaga, ojalá que sus oraciones sirvan de algo ya que sus opiniones no.

—Disculpe excelencia, yo solo quise ayudar.

—Olvídelo Monseñor, y comiencen a moverse—agregó Don Pedro con gesto autoritario mientras se despejaba la sala de los sobrevivientes, y el jefe de la guardia Montes de Oca salía atropelladamente, empujando a los que se encontraban en su camino.

—Han visto, señores—exclamó Don Pedro de Portocarrero el encargado de la vigilancia de aquellos territorios—tenemos motivos para estar muy desesperados porque la administración de estos territorios es casi imposible. Las minas y hasta las misiones religiosas han sido asaltadas en lugares más o menos aislados de nuestro territorio—agregó.

—Lo hemos estado analizando muy detenidamente con el Capitán General—respondió el Alcalde Mayor llamado Don Martín de Uribe.

—Son los lugares menos protegidos de la Capitanía, y cada día los ataques son más frecuentes. Tenemos poca gente para defender aquellos territorios, algunos realmente aislados.

—Así es—respondió Don Pedro, el Capitán General. —Y no podemos permanecer pasivos. Nuestras costas son largas y el territorio es agreste y montañoso. Hemos llegado a la conclusión que ésta vigilancia y control solo sería posible hacerse por el mar—necesitamos barcos, una flota de navíos.

—Jamás nos los darían de la Corona. Respondió Portocarrero. —Allá solo se acuerdan de nosotros cuando les llega el oro que mandamos para la corona y los diezmos de las iglesias.

Capítulo 2

—Ya lo hemos analizado con mi hermano Gonzalo—dijo Don Pedro. — Él tiene experiencia en una constructora de barcos y coordinará el proyecto. No pediremos permiso a nadie para hacer nuestra voluntad. Nosotros construiremos nuestra propia flota. Los que estamos aquí en estas peligrosas tierras somos quienes de hoy en adelante empezaremos a construir barcos usando parte del oro que íbamos a mandar a España.

—Habrá problemas con la corte. Jamás aprobarían eso—dijo el Juez Mayor de la Colonia.

—Por supuesto que no lo autorizarán, pero eso tardará en alcanzarnos. Ese largo tiempo lo aprovecharemos para avanzar en el proyecto. Tengo información de varias colonias que ya el pueblo está empezando a sentirse defraudado porque allá en España esas riquezas que nos cuesta tanto conseguir y mandar a la madre patria ostentosamente las están usando para comprar un falso y pretencioso dominio, repartiéndolas entre algunas de las cortes de diversos países de Europa, mientras nosotros aquí estamos enfrentando toda clase de peligros para conseguirlas, incluso el de morir o ser prisioneros como hemos visto. Tenemos el derecho de tomar algunas decisiones propias, incluso realizarlas disponiendo de parte de ése tesoro. ¿Alguien quiere opinar algo? —Agregó, y los presentes permanecieron callados, hasta que habló el Conde Bernardo de la Rosa, consejero personal del gobernador

—Considero que nuestro gobernante tiene toda la razón—agregó levantado su copa de vino y exclamando—brindo por esta valiente decisión de nuestro gobernador.

Y aunque tardaron algún tiempo en hacerlo, todos los presentes se fueron poniendo de piés y sin chistar levantaron sus copas, algunos de ellos con manos temblorosas y preocupada expresión. Era bien sabido el sentido de determinación de aquel hombre y el riesgo que esto representaba debido a la reacción que aquellas palabras y proyectos producirían entre los serviles de la corte de Carlos Primero Rey de España, cuando alguno de los oyentes de la reunión reportara los eventos. Don Pedro no dudaba que habría mas de uno entre sus oyentes que lo reportaría.

—Con el perdón de nuestro Capitán General, su hermano sabe cómo administrar una empresa, pero nadie sabe aquí de construcción de barcos—dijo Don Pedro Portocarrero.

—Traeremos armadores de España—dijo el hermano de Don Pedro.

—Los vascos son ahora los mejores armadores de barcos—dijo Don Martín de Uribe. —Mi familia conoce algunos allá quienes talvez quieran venirse. Son gentes duras que ni siquiera respetan el mayorazgo. Si vienen será por su espíritu de aventura o simplemente por ambición. Son también por ahora los mejores navegantes del mundo.

—Bien pensado, Alcalde Uribe—respondió Don Pedro en actitud pensativa, tomándose un poco de tiempo para responder ante la tensa expectativa de los presentes, ya que veían venir una de aquellas riesgosas decisiones producto de ése inquieto espíritu cuando se proponía algo, tal como fué.

—Alcalde Uribe, usted partirá para España. Lo hará en el primer barco que salga de La Española o de Cuba. Tenemos una nave ligera en el mar Caribe disponible para que le transporte a uno de esos sitios.

—¿Son ya órdenes ejecutorias Don Pedro, o esperamos que pase la temporada de huracanes?

—La vida es corta, Don Martín. No podemos acortarla más con nuestros temores. Nuestras horas de acción en el tiempo siempre son contadas.

—Su voluntad será cumplida Don Pedro, y con la ayuda de Dios. Pero si no se logra, no será por mi culpa—respondió Uribe, aunque talvez arrepentido por haber abierto la boca. —Que joda me puse yo mismo! —dijo Uribe en voz muy baja por mencionar su contacto familiar con los vascos.

—¿Qué dice Alcalde?

—Nada, señor. Solo rezaba.

Se ordenó disponer también una buena parte del tesoro de la Capitanía para aquella misión del alcalde.

La ciudad donde esto acontecía era la capital de una colonia española que extendía su territorio desde el sur de México hasta el noroeste de Colombia. Esta ciudad capital de la Colonia llamada Santiago de los Caballeros y posteriormente Antigua Guatemala, era entonces una de las más hermosas y grandes de América. Tenía palacios de estilo barroco y numerosas iglesias con templos de variadas arquitecturas, centros de enseñanza, conventos y monasterios que por las tardes colmaban el ámbito de la ciudad con sonoros coros de cantos gregorianos provenientes de las voces de los monjes, quienes canalizaban así toda su devoción espiritual, transmitiendo a sus habitantes una sensación de solemne paz existencial, salpicada por los repiques de las campanas llamando a la misa y con dos inmensos volcanes que la rodean como perenes centinelas. Aquella ciudad bendecida por su privilegiado clima estaba colmada de flores, con todas sus calles pavimentadas con cuidadosos macadams, y las fachadas de las casas en variables y bien equilibradas combinaciones de pinturas color pastel y con las calles periféricas con piedra aplanada y unida con material calizo, por lo que las carretelas podían desplazarse sin mayores saltos o zangoloteos. Había plazas y parques distribuidos en la ciudad, y sus mercados estaban colmados de una gran variedad de frutas y coloridas artesanías manuales provenientes de algunas pequeñas poblaciones lejanas y hechas por los naturales o indígenas. Pero después de las seis de la tarde todo cambiaba. Se callaban los cantos gregorianos y el repique de las campanas. Se iluminaban las numerosas lámparas de aceite distribuidas en los muros alrededor de las calles y por las noches numerosos habitantes de la ciudad se volcaban en las cantinas comederos públicos y burdeles.

Capítulo 3

Al terminar la sesión en el ayuntamiento, Don Pedro había sido requerido por los frailes del convento llamado la Escuela de Cristo para exponerle que les había ocurrido algo así como un milagro o talvez más bien como algo amenazador. Desde hacía varios meses venían tratando de exterminar una plaga de numerosas ratas que habían infestado el convento y ya estaban muy preocupados porque les estaban consumiendo los alimentos, incluso las hortalizas, y además les preocupaba que pudieran traer alguna enfermedad. Pero durante las dos últimas semanas un animal, una especie de roedor para ellos desconocido, también era huésped del convento. Pero para gracia de ellos el animal talvez era algún enemigo atávico de las ratas porque acabó con ellas en un corto tiempo. No las devoraba, sino tan solo las mataba y por fin habían logrado capturarlo y lo tenían dentro de una jaula. El motivo de la consulta a Don Pedro era para saber si les autorizaba a darle muerte o le situaban en algún paraje lejano, ya que podría ser un demonio simulándose como defensor o vengador de causas justas para así ganarse con engaño las almas de los fieles inocentes.

Don Pedro pidió ver al animal y en realidad se sorprendió. Era del tamaño de un perro pequeño. Pidió un pedazo de pan, comenzó a dárselo dentro de la jaula y el animal lo devoró con ansiedad, por lo que se dió cuenta que estaba terriblemente hambriento. Aquellos supersticiosos frailes confesaron que no lo querían alimentar porque aquello podía ser el demonio en alguna de sus formas.

Don Pedro pidió queso y fruta la cual puso dentro de la jaula y el animal la devoró con desesperación. Dijo que él lo alimentaría diariamente y que nadie más lo hiciera. Ante esta situación indicó a los religiosos que no lo le fueran a hacer daño y menos dejarlo escapar, con un tono de voz que los hizo temblar y algunos de ellos hasta se persinaron.

Un mes más tarde Don Pedro sacó de la jaula al animal y lo llevó con él, y poco tiempo más tarde hasta se le veía al capitán general llevarlo en las alforjas de su cabalgadura, y el animal le había tomado tal apegamiento que le seguía como un pequeño animal doméstico. El adelantado decía que era su mascota de la buena suerte, que había salvado a los frailes de las ratas, y que a él también le ayudaría en contra de sus enemigos. Que no era ningún aliado de satanás sino un simple animal llamado *pizote* según alguien le informó al azar, pero que era una variedad de animal inteligente raro y astuto, y que para Don Pedro era solo su exterminador de ratas. Desde entonces para él sería nada más que *el pizote de la Escuela de Cristo*, su mascota.

Capitulo 4

Don Pedro le recomendó a Uribe en el viaje que realizaría, traer a un médico, un geógrafo, un agricultor, un zoólogo y a un joyero de España para sus necesidades en la Capitanía.

Dieciséis meses más tarde, cuando regresó Uribe, solo llegaron con él un joyero y un zoólogo, por más que Uribe les ofreció buena paga en oro a los otros no aceptaron, pero su misión referente a los barcos fué todo un éxito.

Uribe había logrado que un pequeño grupo de armadores vascos viajaran a America con él, tentados unos por las buenas ofertas de riqueza y otros por la aventura de intentar llegar hasta las indias orientales para desarrorar el comercio.

Los viajes navegando a las indias occidentales era también otro de los objetivos que intentaba Don Pedro de Alvarado, y era también el sueño de muchos marinos vascos y portugueses. Todos ellos sabían que el que lograra llegar al oriente sin tener que seguir la peligrosa, mortal y larga ruta que marcó Magallanes, rodeando la América del sur, lograría fama y riqueza inimaginables.

El alcalde Uribe, hombre de gran carisma para los negocios, logró que algunos empresarios y armadores vascos le ayudaran a conseguir el equipo y la utilería mínimos para empezar a instalar el necesario astillero con sus diques y tener los materiales para empezar la construcción de algunas naves, que parte las pagaría con el oro que llevaba, y parte con algún crédito que le dieron.

—Hizo un gran trabajo— dijo Don Pedro, el Adelantado y Gobernador de la Colonia cuando Uribe regresó. —El primer barco que salga de los astilleros tendrá el nombre del Alcalde Mayor Uribe, cuya salud está muy quebrantada—agregó—por lo cual no está presente.

Mientras esperaban la llegada de los barcos de carga que fué también muy larga en tiempo, el hermano de Don Pedro procedió a construir los diques secos necesarios para armar las naves utilizando la mano de obra de los indígenas y aprovechando la experiencia de ellos en el desplazamiento de grandes cargas pesadas en terrenos difíciles mediante el rodaje con troncos de madera redondeados, ya que los naturales del lugar no conocían o aplicaban aún el uso de la rueda. Hizo un camino empedrado, para transportar la carga pesada, entonces y en el futuro, del Atlántico al Pacifico, y mandó a talar grandes extensiones de bosques con maderas inclusive duras y finas abundantes en las selvas de la colonia. Se procedió a tablear lo más posible de maderas. Los naturales del país que por temporadas pasaban hambrunas antes de que llegaran los españoles que les enseñaron a mejorar su agricultura, además de recibir otros muchos beneficios, colaboraban con entusiasmo en trabajar. Ellos superaban en gran número a los españoles que habitaban en la colonia y eran trabajadores muy eficientes. Una numerosa tribu Maya llamada *Kachiqueles* desde un principio colaboraron con los inmigrantes europeos.

Con el primer navío que llegó de España vino el zoólogo llamado Jan De Vries, un joven holandés quien fué consultado por el Capitán Alvarado para saber qué era aquel animal tan raro en Guatemala, y De Vries explicó a Don Pedro que había visto uno parecido en La Española, aquella colonia situada en una amplia isla del Caribe, y que según dijeron algunos navegantes, aquel animal servía para exterminar las ratas a bordo. El animal procedía del norte, donde en lengua indígena le llamaban algo así como *mapche*, que quería decir ladrón. Los españoles lo pronunciaban *macaco*, que luego derivó a *mapache*. A Don Pedro no le importaron estos intríngulis lingüísticos, para él era nada más que el *Pizote de la Escuela de Cristo*, el exterminador de ratas. Don Pedro le pidió al zoólogo seleccionar a la persona más indicada para ayudarle con el cuidado del animal.

—Creo que tengo a alguien, que talvez pueda hacerlo bien—dijo el zoólogo.

—Tiene que ser alguien cuidadoso y responsable. ¿Quién es?

— Está afuera

—Que entre—dijo con su autoritaria voz a los porteros.

Don Pedro, quien estaba hojeando un libro levantó la cabeza y se quedó sorprendido al ver al jovencito flaco, desgarbado y con el pelo a medio crecer, calzado con unas botas, ropas y pantalones grandes para su tamaño.

— ¿De dónde vino esto? —exclamó con una sonrisa. —¿Quién es?

—Bueno. Es... es mi hermana—respondió el zoólogo con voz casi inaudible. Él sabía que entre los españoles las mujeres no contaban para los trabajos regulares más que para los del hogar.

— ¿Y de dónde vino?

—Conmigo, en el barco que venía para acá. La rescaté del convento donde la habían encerrado en La Española desde hace dos años. Las monjas están rapadas y fué necesario disfrazarla de hombre. Corrimos con suerte, vino escondida en el barco, pero ahora ¿quién sabe?

—Qué estupidez. Sabía usted que eso era algo muy peligroso. La iglesia es drástica con los prófugos de los conventos y el gobernador de aquel lugar peor todavía.

—Lo sé. La persona que nos ayudó nos lo advirtió. Cogió el oro que le dí y nos dijo que si nos agarraban nos matarían con algo llamado "garrote" que era peor que la horca.

—Sin duda. No los hubieran perdonado. Qué más puedo decir—dijo Don Pedro como cavilando. —A usted lo necesito como zoólogo ¿pero su hermana y el problema con la iglesia qué?

— Realmente, no sé. Pero si hemos cometido ese delito, pido clemencia para mi hermana. Yo pagaré por ella. Mi dignidad no me permite pedir perdón por rescatar a mi hermana. Soy de familia cristiana pero mi vida solo a mí me pertenece, y creo puedo disponer de ella, señor.

—Acércate—le dijo Don Pedro a la mujer, levantándole la cara, ya que permanecía agachada.

— ¡Oh, Dios! —exclamó—quedándose inmóvil durante un momento—Límpiate las lágrimas y la cara— dijo dándole un pañuelo. Y después de cavilar un momento y respirar profundo dijo—Bueno, pensándolo bien, aquí ante mi autoridad todos son dueños de sus vidas y de sus cuerpos y ustedes lo son, si yo lo digo. A la iglesia les dejamos las almas para que se entretengan. ¡Ah! Qué friega con los curas. La ocultaremos por algún tiempo.

—Gracias señor—respondió el zoólogo sin moverse. —Es lo único que puedo decir y sabré corresponder con lo que yo pueda valer y hacer en el futuro...

—Usted es joven y tendrá tiempo para cubrir sus deudas, como ha dicho. Llamen a mi asistente para que instalen a estas dos personas en las habitaciones de los huéspedes en la villa anexa—ordenó el Capitán General. —Que les suministren todo lo necesario, y más adelante dispondré qué hacer.

—Pueden retirarse–agregó al llegar el asistente.

—El los llevará a sus habitaciones.

Por primera vez la joven levantó la mirada y suspiró profundamente. Don Pedro los vió retirarse con algo de aprehensión, como aquello que él mismo experimentaba a veces cuando iba a entrar en algún desafío peligroso. Era una rara sensación talvez con un poco de miedo y no sabía por qué. Esto era desafiar a la iglesia para defender a unos extraños, cosas que ya había hecho antes, pero sin experimentar esa rara sensación de incomodidad o miedo. Sería que talvez estaba empezando a volverse temeroso. Solo sacudió la cabeza y se dijo a sí mismo, *ya espabílate.*

Sintió que necesitaba hacer algo para calmarse, y tan pronto pudo, Don Pedro llamó a su confesor, quien se puso muy contento porque el Capitán General nunca se había confesado desde que llegó a la América, y sentía que las puertas del cielo ahora si se le estaban empezando a abrir, pero luego lo invadió de nuevo la tristeza cuando al encontrarse con el Capitán General o sea Don Pedro, este le dijo.

—Usted va a confesar a dos personas, y luego me informará todo lo que le digan, de su origen y trayectoria en todos los años de sus vidas, en fin, exprímalos al máximo. La verdad completa y solo la verdad. Cuidado de equivocarse en algo como sucedió ya alguna vez.

—Mi señor. Soy esclavo de mis votos y de mi consciencia, pero si hago esto otra vez. Iré al infierno...

—Claro que sí, y si no lo hace también se irá al infierno, porque en una hermosa selva llamada Darién están requiriendo un catequizador devoto sano y fuerte porque los dos últimos no supieron rezar con la devoción adecuada para ahuyentar a las enfermedades, y tal parece que ya están en el cielo.

—Dios mío, ¿Y de qué religión son estos que debo confesar?

—Sepa Dios, pero puede preguntarles.

—Pero si son católicos ya no tendré salvación. Estoy perdido si divulgo su confesión.

—Entonces no les pregunte.

—Perdóname Dios mío por lo que me ponen a hacer. No tengo la culpa—dijo con voz temblorosa el cura con las manos juntas y apretadas mirando hacia el techo.

—En cinco días nos veremos, y me agrada su sólida vocación—dijo Don Pedro dando por terminada la sesión.

Varios días más tarde en un hermoso jardín lleno de flores y garzas de colores estaba Don Pedro recostado en una poltrona de mimbre con una mesa llena de frutas en su plena madurez y una jarra de chocolate caliente con el pan más sabroso de la localidad en una canasta, y concluyendo su conversación con varias muchachas bellas y jóvenes en el lugar más privado de su casa.

—Viene la iglesia—dijo, deben retirarse.

—Lo que el padre le informó era algo que sus nuevos huéspedes eran más interesantes y educados de lo que imaginaba y que los De Vries eran holandeses, que ella y sus padres habían naufragado en un barco y sus padres habían muerto. Un barco español la rescató cerca de unas islas llamadas Canarias, y la llevaron a La Española en el Caribe donde la resguardaron en un convento en el cual la estaban forzando para que se hiciera monja. Sus familiares en Holanda posiblemente la dieron por muerta. El hermano que era un zoólogo no lo creía así, y después de una larga averiguación decidió venir a buscarla en América.

— ¿Y solo eso le dijeron? ¿No pudo sacarles algo más como saber si hayan hecho algo malo fuera del orden en cualquier lado?

—No señor. Parecen cultos y educados pero aunque yo soy buen cazador de pecadores, son herméticos. No pude ahondar más, talvez por el lenguaje. Son hermanos y el joven habla poco el español, y ella es callada, casi no habla. Parecen estar afectados por sus cambios de vida.

—Qué raro. Tal parece que en pocos días se le han olvidado al zoólogo muchas cosas, hasta el idioma. Yo lo entendí bien. Habla un español nítido y en efecto como gente educada, pero ella no pronunció palabra—será que es muda.

— ¿Muda? No señor. En un momento dado ella dijo colérica ¡Ya basta!

—Bueno. En fin, luego los indagaré yo mismo. No tengo prisa. Y ahora olvídese de ellos. Nadie debe saber de su existencia aquí. Hizo un buen trabajo, pero no lo eche a perder. Esto va con su futuro. Usted debe de ser hermético. Los diezmos de lo que falta de este año utilícelos para comprarse algo. ¿Entendido?

—Muchas gracias señor Capitán General. Seré una tumba.

Le echó la bendición y se marchó.

VARIOS DIAS DESPUES SORPRESIVAMENTE le llegaron dos mensajeros con algunos títulos autoritarios y apariencia de oficiales de alcurnia de España. Eran portadores de un largo mensaje en pergamino oficial procedente de una se las Cancillerías del Reino para indicarle que, por órdenes de su Majestad Carlos Primero, Rey de España, un barco estaba disponible en el mar Atlántico para conducirlo a él y a otros dos acompañantes que usted puede seleccionar entre sus asesores, y que dentro del plazo más corto posible usted deberá comparecer ante las Cortes llamadas de las Indias donde se ventilan los problemas que suceden en América.

El Capitán General y gobernador les respondió a los oficiales mensajeros de la Cancillería que se daba por enterado, pero que su respuesta a un asunto tan delicado se las daría al día siguiente.

—No le estamos preguntando, solo le estamos comunicando una orden—respondió el de mayor edad.

—Yo también les estoy respondiendo, y ustedes están en mi jurisdicción.

—Somos autoridades de la Corona, pero por esta vez olvidaremos su falta de respeto. ¿Y qué es lo que pretende?

—Yo también soy respetuoso con las autoridades superiores, y acepto ir por mi voluntad a la Corte en España, pero con la condición de que mis acompañantes serán más de dos, y que luego indicaré cuantos. Serán mis invitados si es que acepto viajar a la madre patria.

Los mensajeros estaban sorprendidos por la audacia de aquel Capitán al atreverse a responderles de manera tan taxativa. Ellos como autoridades representantes de las cortes judiciales estaban acostumbrados a encontrarse con funcionarios temblorosos y asustados cuando llevaban mensajes de comparecencia como el de ahora, y a veces cuando aquellos infelices se dejaban conducir, nunca más se volvía a saber de ellos.

No cabía duda que éste individuo les sería difícil de manejar, pero no podían ni pensar en regresar a España con algún fracaso en sus órdenes de conducción. Después de esa corta discusión con Don Pedro, tuvieron que regresar dos o tres veces a insistir que solo podían llevar a dos acompañantes. Era la regla en estos casos y no podían romperla. Insistían en tratar de convencerlo con todos los argumentos y hasta con amenazas sin lograr que el Capitán General y Gobernador aceptara partir como ellos decían, más bien ser conducido a su manera. Don Pedro se ausentó varios días haciendo un viaje a los astilleros y al Atlántico. Los jueces mensajeros tuvieron que esperarlo.

El Capitán del barco a quien Don Pedro hizo conducir a Santiago, después de varios días de discusiones con los representantes de la Cancillería desoyó las protestas y les avisó que, si no accedían a lo condicionado por Don Pedro, el barco tendría que partir de retorno a España, y les daba tres días para decidirse. Después de unas fuertes discusiones con el capitán del barco y resignarse a los "caprichos" de Don Pedro, se vieron obligados a aceptar sus condiciones. Podría llevar a todos los invitados que deseara ya que el barco era de gran tamaño. Además, si el barco se iba sin ellos, tendrían que quedarse confinados en aquella colonia extraña donde obviamente no le agradaban a nadie. Los oidores de la corte quedaron como paralizados con semejante noticia, casi de inmediato aceptaron todo lo que Don Pedro había pedido.

Pero para Don Pedro había más condiciones. La primera que le informaran en qué consistía la demanda por lo que le requerían en España, y por supuesto los jueces contestaron que no podían responderle eso porque era confidencial.

Entonces, el Capitán General les comunicó que él no se iría y autorizaría la partida del barco. Ellos tendrían que permanecer en la colonia mientras no se lo informaran.

Al día siguiente los dos jueces de instrucción vinieron a buscarlo por la noche y le informaron someramente que era por el oro que él había tomado para hacer los barcos. Pero que nunca aceptarían que ellos se lo advirtieron.

—Cuenten con la palabra de un hombre de honor—les respondió. —Así podrán regresar a ver a sus mujeres, que ojalá todavía los estén esperando.

—Por Dios no diga eso. Gracias señor.

—Pueden retirarse, Los esperan en el almacén para suplirles ropa para el viaje. Que pase el capitán del barco.

El barbudo capitán entró por la puerta de atrás con una sonrisa —Ahí está—dijo Don Pedro señalándole una bolsa con oro y jade que estaba sobre la mesa.

–Ah, hay otra condición. Durante mi viaje, no quiero a los delegados de la Cancillería en mi mesa.

—Sus órdenes serán cumplidas, señor gobernador.

Capitulo 5

Después de todo ese intríngulis con los leguleyos cortesanos que según ellos venían a "conducir" a Don Pedro como lo hacían fácilmente con otros asustados empleados de las colonias, aquellos dos presuntuosos mensajeros sentíanse indignados pero salvados ante la decisión inicial de Don Pedro de mantenerlos entrampados, y ya todos estaban acordes en partir a la madre patria sin más incidentes. Don Pedro dió orden a Don Pedro de Portocarrero para que convocara a sus asesores e invitados, a tres de sus oficiales de gobernación, con sus escoltas, equipo de seguridad de Portocarrero, más a varios expertos carpinteros y herreros para que se preparan a partir. Incluso también llevaría al zoólogo por su dominio de los idiomas europeos, y le serviría para ayudar a realizar algunas de las compras que había planeado.

En su lugar dejó encargado de la gobernación a su segundo, el Capitán Martín de Balenciaga, su hombre de más confianza en los asuntos políticos y administrativos, y quien antes de partir le dijo,

—Señor Capitán Alvarado. Nadie podrá venir a suplantarlo, ni yo ni todo el pueblo de la colonia lo aceptaríamos; ya le hice llegar este mensaje a Su Majestad por medio de un tío quien es el jefe de un equipo de calibradores del oro quien viaja dos veces al año por diversas colonias y que hace pocos días estuvo aquí. Me permití también informarle sobre la brillante idea de nuestro Gobernador Alvarado de construir los primeros barcos para incorporar las costas del Océano Pacifico y algo más a las conquistas de España. El partió hace pocos días y se reporta con los altos niveles de la corte, pero cuando es algo importante, con el Rey. A veces a los valientes colonizadores nos menosprecian, y procuran ignorar lo que de aquí les llega y se hace. Dios le ayude si le quieren acusar de algo. Si así fuera, escape, aquí tiene usted su pequeño reino donde se le aprecia, se le respeta y le protegeríamos.

—Gracias, Capitán. Creo que ahora allá hay un rey inteligente según he sabido. Yo voy a lo que sea, porque el que no afronta sus problemas, estos le crecen y pierde.

En España aquella mañana el Obispo Enzo Barberini, Consejero Mayor y Canciller de la corte, estaba realmente enojado. Acudió a Su Majestad Carlos Primero, Rey de España, para exponerle que la mejor manera de solventar estos problemas de las colonias pequeñas seria juzgar al culpable allá en el Virreinato de la Nueva España en México o en el Perú los del sur. Hay problemas allá, el gobernador de una pequeña colonia llamada Guatematla, con diversos pretextos se está negando a transportarse aquí para ser juzgado.

— ¿Y a usted qué le pasa Canciller? En ese caso ya debía haber ordenado que uno de nuestros barcos de guerra del mar Caribe le conduzca. Para eso están algunas de nuestras milicias en aquella zona.

—Así se hará, Majestad—respondió el Canciller. —Con su permiso voy a ordenar esa sabia solución.

Una semana más tarde el canciller estaba de nuevo ante el Rey.

—Majestad, ya no hubo necesidad de mandar al barco de guerra con sus acertadas e inteligentes órdenes, uno de nuestros barcos, el "Santa Inés" ya viene en camino y trae al rebelde gobernador de Santiago de los Caballeros de Guatemata, aquella colonia donde han incumplido el envío del oro.

— ¿Por qué se tardaron tanto en informarlo? — preguntó el Rey sin poner mucha atención, mientras jugueteaba con sus perros.

—Majestad. Ya viene en camino a quien hay que interpelar y castigar. Se está tardando en venir porque ese gobernador abusivamente puso obstáculos para venirse. Quería traer a toda una numerosa gavilla con él, y solo le habíamos autorizado traer a dos personas.

— ¿Dos personas? Y eso qué importaba. Debe de estar aquí pronto para que se le interpele y juzgue, aquí. No quiero malos ejemplos.

—Si Majestad, es urgente. Luxemburgo ha dejado de recibir su oro. Ya están amenazando con expulsar a la delegación del reino español, y a los catequizadores pontificios si no se les envía.

—Entonces que se esperen los de Luxemburgo.

—Si Majestad- También el Papa está muy molesto si no llegan los diezmos completos ya que desde hace más de un año no los recibe.

—Dígale al Cardenal Di Squarci que le explique al Pontífice lo que está sucediendo, y que eso ya se arreglará. Se hará una investigación muy cuidadosa y se castigará drásticamente a los culpables. Nadie puede dejar de rendirle cuentas al Santo Padre.

—Efectivamente, Majestad. ¿Puedo proceder a nombrar a los jueces, y digamos tener ya preparado el juicio para no perder tiempo?

—De ninguna manera. Esto lo haré yo. Puede retirarse.

Capitulo 6

El Obispo Baberini se fué furioso a sus oficinas vecinas al palacio imperial donde lo esperaba el otro Canciller de la cédula, el Real Marqués Villafue de Belapaga, uno de los hombres más importantes en el gobierno de España, para saber qué había decidido su majestad.

—Nada bueno excelencia—dijo el Obispo.

—El rey no quiere que se les juzgue en el Virreinato de la Nueva España, como era nuestro plan. Los quiere juzgar aquí como un ejemplo para los demás cabezas de conquista que intenten robar el oro de su majestad.

— ¿Entonces es seguro que habrá una investigación aquí, es así?

—Por supuesto. El Rey parece empeñado personalmente en aclararlo todo aquí, y si la hacen nos descubrirán. Será nuestra ruina. El Rey y el Duque de Luxemburgo se enterarán, y sabe Dios qué será de nosotros. Lo teníamos tan bien organizado que nunca se hubieran dado cuenta si ese malvado de la colonia de Guatematla no se hubiera apoderado precisamente del oro que era para Luxemburgo y los diezmos de la iglesia, y de la manera abusiva como lo hizo.

—Eso es muy grave. Con mi parte de ese oro yo estoy construyendo el castillo para defender mis tierras en el norte o las voy a perder—respondió con voz temblorosa el Canciller Bellapaga. Maldita sea. ¿Cómo dijo que se llamaba ese lugar?

—Guatematla.

— ¿Y quién es el gobernante?

—Un Capitán llamado Pedro de Alvarado.

— ¿Es noble?

—No, Excelencia. Un simple soldado de fortuna venido a más. Ya le conoceremos. Vienen en camino, no pude evitarlo. El Burgomaestre de Luxemburgo Benchoam talvez no hablará porque él mismo se enlodaría. Pero es un gran riesgo porque bien sabemos que él es un hombre muy débil.

—A esos bandidos, cuando lleguen, hasta la excomunión les conseguiré —exclamó el Obispo delegado del Vaticano y consejero de su Majestad Carlos Primero, somatando los puños contra la mesa.

— ¿Qué tal hundir la nave en que vienen?

— ¿Está usted loco?

Dos meses más tarde arribó a un puerto del norte de España la nave que condujo a Don Pedro de Alvarado y su numerosa comitiva. Solo la gendarmería y guardias del puerto estaban esperándolos, por lo que una voz de alguien en la pasarela del barco dió un grito de alerta y todos los recién llegados y hasta los tripulantes desenvainaron sus espadas y empuñaron sus mosquetes.

—Jamás nos dejaremos humillar por una parvada de jenízaros— Gritó en el barco uno de los oficiales de Alvarado, pero a lo lejos un grupo de hombres y mujeres se aproximaban y al acercarse todos envainaron de nuevo sus armas.

Los guardias del puerto se retiraron y dejaron pasar al grupo de personas, ya que a la cabeza de todos venían un hermano de Don Pedro y familiares de oficiales acompañantes para recibirlos. El hermano de Don Pedro le llevó a un lugar apartado donde le informó.

—Fué por intervención del Capitán Balenciaga, tu segundo en el gobierno de la colonia. Nos llevaron a hablar con un sobrino favorito de Su Majestad, el Conde Ruperto Monteforte y él se encargó de explicarle a su tío el Rey las hazañas de Don Pedro de Alvarado en la conquista de México y Guatematla. Su majestad estuvo más interesado en saber de los barcos que se están construyendo en el Pacifico–dijo el hermano.

—Me han pedido toda la información posible, hasta les mencioné lo del posible viaje al oriente de esos barcos. El Rey estaba muy impresionado y dió orden de recibirlos como caballeros y alojarlos en los mejores mesones de la ciudad.

—Gracias a todos–dijo Don Venancio de la Corcuera, el vocero de la Capitanía de Guatemala. Pero acercándose a Don Pedro, le dijo casi al oído.

—Cuidado señor con ese sobrino del rey. Tiene un hermano bastardo llamado Numancio Flavio Monsanto que le llaman aquí 'el príncipe de las tinieblas.' Parece que no se llevan bien, pero ojalá que sea cierto.

Dos semanas más tarde elegantemente vestidos estaban Don Pedro de Alvarado y varios de sus oficiales de pié frente al rey de España, y después de las reverencias acostumbradas el rey autorizó a todos a sentarse. Y entonces tomó la palabra el Fiscal de la Corona.

—Después de una exhaustiva investigación de nuestros servicios más confiables, se ha informado que en esa Capitanía General de Santiago de los Caballeros de Guatematla se han malversado durante los últimos años el oro y demás valores de la Corona y de la Iglesia, oro y valores que no han llegado a esta madre patria, lo cual es un delito de graves consecuencias.

Después de una larga alegata de una hora entre leguleyos, se pasó la palabra a otro funcionario.

—Aquí su excelencia el Corrector de Malos Manejos, instruirá los cargos a los infractores venidos de aquellas lejanas tierras ya que malversar los fondos propiedad de la Corona es un delito grave. Se impone un máximo castigo a los infractores con cárcel e incautación de bienes, perdida de títulos, posición y privilegios propios y esto es extensivo a los familiares cercanos de sangre y políticos, así como a los cómplices. Los encausados están encabezados por el Capitán General y Gobernador de la Capitanía General de Santiago de los Caballeros de Guatemala, Don Pedro de Alvarado.

El aludido Capitán Alvarado permaneció impávido ante aquellas amenazas.

El Canciller Fernando Villafuerte y Belapaga y el consejero de la Corte Monseñor Barberini sonrieron con una incontenible alegría.

—Ya hay culpables—le dijo el Obispo al Canciller—dándole un codazo en el brazo—se acabó el juicio.

—Efectivamente. Un sumario, cual debe de ser— respondió el Canciller.

—Alto. Pare con esto—exclamó el rey. — Para no perder nuestro valioso tiempo en algo ya definido. Yo, Carlos Primero Rey de España, Países Bajos, Nápoles, Sicilia, Portugal, Malta y Luxemburgo, y demás países asociados y protegidos por nuestro reino, con el privilegio que me dá la ley, decido cerrar este caso y dejar al criterio del Capitán General Alvarado la disponibilidad de esos fondos que se han utilizado, desde que se están empleando para construir una nueva flota de naves en el Océano Pacifico, no solo para obtener los medios de comunicación y vigilancia en todas sus fronteras y límites marítimos, sino tambieé para facilitar y proteger el transporte de bienes y personas por el Océano Pacifico hacia nuestras nuevas posesiones que se están estableciendo en el norte de América, y además conectarnos en un futuro con el lejano Oriente. Pero se hará una exhaustiva investigación para aclarar con varios países las cantidades del oro manejadas que no coinciden con nuestras cuentas. En esta investigación se incluirá al Capitán General de Guatemala, Don Pedro Alvarado y Contreras ya que será su valioso testimonio para demostrar que previamente a la construcción de los barcos no hubo sustracción alguna de su parte. Por lo tanto, nuestros contadores tendrán que hallar otros culpables de esa cuantiosa malversación. Este juicio se renovará cuando después de otra investigación se tengan más resultados.

—Y por disposición inmediata ordeno modificar ese horrible nombre de Guatematla, casi impronunciable por los nativos de la madre patria, quitándole esa aborigen letra t, convirtiendo el nombre de ese lugar a simplemente 'Guatemala.'

El Obispo Barberini y el Canciller de la Corte Villafuerte reaccionaron con expresión enfurecida casi incontrolable y en la sala sus vecinos y amigos tuvieron que detenerlos para que imprudentemente no hicieran algo con irrespeto para la Corona y la Corte.

Los demás presentes permanecieron impávidos; Algunos porque no les interesaba la decisión, a otros simplemente no les importaba. Los del grupo que acompañaba a Don Pedro aplaudieron y hasta hubo algunos gritos de alegría.

—Varias horas más tarde el Canciller y el Obispo estaban reunidos en las oficinas del religioso,

—Ya me arruinaron—exclamó el canciller—las tierras de mis antepasados pasarán a otras manos. ¿Qué será de mi familia, mis hijos y sobrinos? Perderé a todos mis trabajadores del campo y de la casa. Sin el poder que tengo mi mujer ya no soportará que tenga esa amante que tampoco querrá saber más de mí, y sus ricos familiares a quienes he apoyado me despreciarán. ¿Y mi posición en la corte? Yo ya no puedo soportar esto.

—Un momento señor. Ya cálmese. Por favor tranquilícese. Como de todas maneras habrá una investigación esto puede alargarse mucho, pero mucho tiempo, lo cual nos dejará el espacio para neutralizar a ese estúpido arribista y plebeyo Alvarado quien ya no podría presentar testimonio y todo se paralizaría.

—Bueno, el rey es un hombre enfermo — respondió el Canciller, ya con cierto control.

—Pero el Vaticano reclamará sus diezmos, promoverán otro juicio y le exigirán al rey la investigación de los malversadores, y estos perderán la protección de Su Majestad. Hay que recordar que el Papa ratifica a los reyes, y ellos le tienen no solo respeto sino un bien oculto miedo. La iglesia perderá los diezmos de otras tantas colonias si no se asienta un ejemplo, no va a perder todo ese oro como simples ovejas. Ante el Vaticano no escaparán aquellos píos de Guatemala a pesar del rey.

—Efectivamente, pero no es suficiente. Hay que valorar la fuerza de la iglesia, pero mientras tanto estamos obligados y tendremos tiempo para que el tal Capitán General Alvarado quien es el testigo principal desaparezca, como ya se decidió antes. Tenemos que lograr anular a ese malvado. Me comunicaré con el príncipe Numancio. Es el más autorizado para dar esta necesaria solución.

—Eso por favor no lo haga, romperíamos la promesa de no molestarlo.

—Recuerde que él fué el principal emprendedor y beneficiario de este proyecto que nos puede hundir.

Me preocupa su reacción. Vi el desprecio con que nos vió cuando el rey suspendió el juicio.

—En efecto se veía disgustado, pero no preocupado. Es un duro maestro para las operaciones oscuras, y por algo le llaman el Príncipe de las Tinieblas. Sabe Dios hasta donde llegará en el poder.

—Bueno, no nos queda otra que arriesgarnos exponiéndonos a su furia, pero también hay que recordar al Papa con su poder. Tengo amigos poderosos en el Vaticano. Ya activé a mis contactos para sacudir a este estúpido Rey Carlos y que le abran los ojos.

—Un momento Obispo. Se puede conspirar, planear las cosas más atrevidas y sucias como robar y hasta asesinar alrededor del rey y a veces relacionadas con él, pero jamás debe de mencionarse el nombre de una majestad. Hacerlo sería como cortarle la cabeza a la sacra institución de la monarquía.

— Disculpe, he perdido la compostura por un momento.

— Pues rescátela, o yo mismo lo denunciaré. Bien proceda con sus contactos en el Vaticano, yo lo haré con el Príncipe Numancio.

En los mesones de Alcázar donde se hospedaban todos los acompañantes de Don Pedro de Alvarado aquel día había fiesta para celebrar que el Capitán General, quien era huésped del sobrino bueno del Rey, les había comunicado que permanecerían seis meses en España antes de retornar a Guatemala. Designó a dos de sus hombres, Capitanes Don Pedro de Portocarrero y Don Cristóbal de Gereda para que coordinaran el trabajo de todos los subordinados, incluso a otro hermano del Gobernador Gonzalo Alvarado, para que por todos los países europeos se desplazaran contratando la compra del equipo necesario para la construcción de los barcos, es decir todo lo metálico como cañones, anclas, municiones, explosivos, miles de hachas, poleas, azadones, botas de piel etc. Y mil cosas más que les habían encargado los armadores vascos ahora en Guatemala.

Don Pedro de Portocarrero ni tardo ni perezoso también comisionó a varios de sus subalternos para que viajaran por Europa contratando mujeres para llevarlas a América donde hacían falta, con buenas ofertas de seguridad y pago que se harían al momento de abordar una de las dos naves que llevaría Don Pedro a su retorno. Ellos no necesitaban llevar trabajadores hombres allá, porque estaban los indígenas como mano de obra en los campos y minas.

Entre los subalternos que fueron comisionados estaba aquel zoólogo De Vries, que solicitó se le comisionara al principio al reino de Holanda en los Netherlands ya que eran sus idiomas y así se hizo, sin imaginar que aquel viaje cambiario radicalmente el panorama de su vida.

Jan De Vries arribó a la casa del abogado de su familia, un tipo de nombre, Hubert Sassen, quien con gran sorpresa y alegría lo recibió en aquella hermosa casa de campo donde en los veranos Jan había pasado días felices. Sassen llamó a toda su familia para que le dieran la bienvenida a Jan, quien recordaba con gran alegría los *Kangs*, aquellos zapatos de madera que con Eduwiges, una de las hijas del abogado había disfrutado los paseos por el campo, salpicando entre el lodo y los tulipanes cuando eran muy jóvenes. Después de un par de días de descanso y en espera que Eddui, que así llamaban a la joven Eduwiges llegara para verla otra vez.

El abogado Sassen, con preocupada expresión llamó a Ian a su despacho y le dijo.

—Tu padre era una persona tan ocupada, que talvez nunca tuvo el tiempo o la precaución de informarte todo lo referente a la empresa familiar. Tú te fuiste a estudiar lo que te gustaba, y a tu hermana la mandaron a Italia, pero ha llegado el momento de transmitirte algo tan complejo respecto a tu posición actual, que debes de saberlo por largo y pesado que sea, pero es la realidad pura. Tú y tu hermana están en un inminente peligro para sus vidas, y creo que es mi deber hacértelo saber y ofrecerte toda mi ayuda. Me has dado una gran felicidad informándome que tu hermana está viva y en un lejano y seguro lugar.

—Gracias por decirme todo esto. ¿Pero a qué viene algo tan delicado como dice? Sabía que mi padre estaba en problemas. ¿Pero por qué nosotros?

—Ella, tu hermana y tú son los herederos legales de las empresas De Vries, que hasta hacia poco estaban regidas por tu tío después de la muerte de tu padre en aquel infortunado viaje.

Le recordó que el tío Nathanael, el hermano de su padre había sido un hombre eficiente para los negocios y cuando el padre de Jan se perdió en el naufragio, el tío tomó las riendas de aquella centenaria empresa que habían heredado de varias generaciones.

La empresa se había expandido de tal modo que el sector comercial marítimo con numerosos barcos ya estaba operando en las principales ciudades del lejano Oriente, desplazando a los ingleses.

Esto, al mismo tiempo que Holanda estaba sumergida en una de sus tantas acostumbradas guerras con sus vecinos aquí en Europa, y así los holandeses habían logrado dominar aquel valioso campo comercial del lejano Oriente.

Todo esto, unido a las importaciones y exportaciones que les permitían manejar grandes capitales europeos y allá tenían su base en la ciudad de Batavia, desde donde se estaba extendiendo el dominio de Holanda en la región. Era una corporación de esas que no se sabe ni quién o quienes fueron los fundadores, dueños o planeadores, pero lo principal es que tenían muchos años y hasta siglos de experiencia con trabajadores muy eficientes y casi anónimos, pero contentos o resignados a su trabajo y la seguridad que esto le daba para sus familias.

— ¿Y por qué esto puede ser un peligro para nosotros? —preguntó Jan.

—Porque han surgido los ambiciosos, gentes codiciosas hambrientas de más poder, y ese es el caso actual de algunos miembros de la Dutch Republik, otra parte de la Federación de Holanda, con accionistas que como ya dije están ansiosos tratando de apoderarse de todo ese emporio a cualquier costo, contingente con la muerte de tu padre, el principal accionista. Es un grupo de personalidades de los campos empresariales y algunos políticos de la Dutch Republic que se han conjurado.

— ¿Y qué pretenden lograr con esto? Talvez el reino intervendrá.

—No se puede todavía. Talvez causaría problemas a la Federación. Por eso los de la Dutch Republik han intentado por todos los medios lograr una mayoría de socios de la empresa para hacerse de semejante poder. Pero casualmente los únicos que pueden marcar una diferencia son ustedes los jóvenes De Vries, herederos legítimos de la mayoría del emporio.

— ¿Y en qué afectaría que ellos los Dutch y socios que menciona fueran en el futuro los dueños del consorcio?

—Esta corporación por su importancia es la gran perla en la corona de Holanda y la sustenta en gran parte por su poder económico y político. Además, si analizamos en el ámbito humano los trabajadores y empleados súbditos del reino de Holanda quedarían fuera, sin la autoridad ni el trabajo que han venido heredando también de sus ancestros. Perderían hasta las casas, sus hogares porque los desalojarían con sus familias y los llevarían a sumirse en la pobreza y el hambre. Y créeme que no serían pocos los miles de afectados.

—Hubert, creo que lo que me ha explicado haría estremecer el alma de cualquier humano que tuviera sentimientos. Estoy con usted y con quienes estén afrontando ese peligro ante los ambiciosos y extraños que tratan de desalojar a nuestra gente de esta sólida fortaleza que es la empresa de nuestro nombre. ¿Qué debo de hacer? ¿Cómo ayudar a defender lo justo?

—Permíteme seguirte explicando. Ya hubo violencia entre los exaltados de la Dutch Republik y nuestra gente. Hemos lamentado la muerte de gente de ambos lados. Tu tío Natanael tuvo que escapar para un lugar llamado Batavia en la Polinesia. Él estaba temporalmente presidiendo el consejo de la De Vries.

Las gentes de los Dutch han emprendido una ansiosa búsqueda cuando supieron que tú y tu hermana estaban vivos después de la muerte de tu padre, pero misteriosamente ustedes habían desaparecido. Tú, practicando tu profesión en lugares lejanos a donde algunos miembros de la corte procuraron mantenerte como estarás enterado, pero sin darte a saber por qué. Y tu hermana, a quien daban por muerta, pero luego se supo felizmente que no era cierto, pero ha sido inlocalizable por más que le han buscado los amigos y los enemigos. El Reino de Holanda procuraba mantenerse al margen para evitar conflictos entre los demás gobiernos de la Federación de los países bajos.

La reina de Holanda tuvo que tomar cartas en el asunto interviniendo temporalmente la empresa. Las Cortes fijaron judicialmente un periodo de cinco años para hacer el juicio a partir del infortunio que le costó la vida al cabeza de la empresa para que pudieran aparecer los herederos legítimos, ustedes.

Como comprenderás, tu presencia aquí es más que peligrosa. No podrás cumplir las órdenes de compras que te encargaron los españoles, y hoy mismo debes desaparecer. Ya tengo un barco contratado para que partas para donde sea.

—Pero Hubert, tienes que saber a dónde voy y donde estamos. Te pueden interpelar en la corte.

—Mi respuesta en tal caso será que solo te conocí de niño, y que actualmente no te reconozco y no sé dónde estás.

—Te presionarán.

— ¿Que donde estás? No lo sé, ni quiero saberlo. Si acepara saber me expondría a ser muerto antes que un hombre vivo sin consciencia. Te llaman del barco.

—Adiós Hubert. Te juro con mi vida que nos volveremos a ver.

—Estoy seguro, pero no lo olvides son cinco años. El día antes de la primavera como límite. Cuídate.

Capitulo 7

Cuando Alan De Vries iba de Holanda a España tardó un mes en aquel barco que el abogado Sassen le había conseguido de emergencia. Su transporte era un carguero con largo recorrido por los países nórdicos antes de recalar en España. Al llegar se encontró con la sorpresa de que un emisario del rey había llegado para comunicarle al Gobernador y Capitán General Alvarado que deberían partir lo más pronto posible hacia América.

El motivo de este cambio tan inesperado era debido a que de parte del poderoso Vaticano se presentó la demanda para acusar a ese Gobernador de la colonia, Don Pedro de Alvarado, por no haber mandado los diezmos de las iglesias, agregando otra grave acusación de crueldad en contra de los indígenas durante su participación en la conquista de México, donde había actuado como segundo de Cortés.

El rey se vió obligado a proteger a Don Pedro, y la única manera de hacerlo fué encontrando un artificio legal. En el antejuicio anterior el rey había podido exonerarlo según su derecho, pero eso no valía ante la demanda y acusación de parte del Vaticano. El truco que usaron fué realizarle un matrimonio urgente a Don Pedro con una dama de la nobleza, sobrina del poderoso Duque de Albuquerque, para evitarle ser enjuiciado. El Capitán General tenía que tener un título nobiliario para evitar que el Vaticano lo pudiera enjuiciar según una vieja ley ecuménica. Por lo tanto, de ahora en adelante él sería el *Conde* de Alvarado. El rey estaba fascinado con aquel proyecto de los barcos que se estaban empezando a construir con parte del oro procedente de aquella colonia, y créditos que los emisarios de Alvarado habían conseguido en los países vascos. Pero aún los funcionarios ladrones estaban asustados ante aquella futura investigación de parte de la Corona, con la necesaria presencia obligatoria de Don Pedro.

Los dos barcos para el retorno de Alvarado a su colonia partieron, pero con orden de los cancilleres del gobierno español de comisionar a Don Pedro de Alvarado para llevar documentos secretos para entregarlos personalmente a un representante del Virrey de la Nueva España, quien acudiría para recibirlos en un puerto secundario situado en una playa un poco lejana del Puerto de la Veracruz.

AQUEL DIA DE AGOSTO el doctor llegó en una lancha a la playa de Veracruz donde lo esperaban varios caballeros de la comitiva de Alvarado, todos ellos con expresión de angustia.

— ¿Entonces, cuantos enfermos tenemos? preguntó el galeno.

considero que unos siete u ocho—respondió un hombre alto y de barba cerrada.

—No tendré tiempo para verlos a todos— respondió el doctor—mi barco tiene que partir antes de que oscurezca, pero traigo suficientes medicamentos para dejarles.

—Las instrucciones son que usted vaya primero a la cabaña donde está la esposa del Adelantado y el hermano de él, junto con dos caballeros más de la alta oficialía de Don Pedro, quienes también están enfermos.

—Vamos. ¿Pero qué sucede aquí? –Dijo el médico
—Veo muy desolado el pueblo. ¿Y la guarnición del lugar donde está?

—Algunos en sus casas y los soldados se fuéron después de habernos comunicado el arraigo.

— ¿Arraigo? ¿De parte de quién?

—De parte de dos Jueces oidores que por orden de un ministro de la Corona de España dejaron temporalmente su trabajo en el Virreinato de la Nueva España para venir a comunicar arraigos al Gobernador Alvarado y a sus oficiales, mientras venía el Virrey en persona a recibir documentos de la corte. Pero esto degeneró en una fuerte discusión con el Capitán General Alvarado, y cuando estos partieron, él por su lado comisionó a dos emisarios para ir al Virreinato a comprobar la autoridad de esos jueces oidores para arraigarlos—explicó el hombre de la barba.

En ese momento aparecieron procedentes de otra de las casas más grandes del lugar varios caballeros en camisa y sudorosos por el calor del lugar.

—¿Es usted el doctor? Preguntó el líder del grupo, con cierto acento autoritario.

—Sí, señor. Supongo que usted será Don Pedro de Alvarado, el valiente y conocido oficial de la Corona.

—Olvidemos los cumplidos y vamos. Mi esposa se siente mal.

—Sí, señor.

Después de un corto tiempo el medico, con grave expresión, llamó a Don Pedro y con voz temblorosa le dijo—mi señor, Doña Francisca esta delicada. Debo ver a su hermano y a los otros oficiales enfermos.

—Vaya de inmediato.

—Si, señor— dijo el médico, llevándose su maleta, y en poco tiempo regresó con facies de espantado.

—¿Qué pasa?

—Esto anda mal. Los ojos de algunos están teñidos. Le llaman fiebre amarilla y lo siento. Dicen que es algo que dá en estos lugares.

-Fiebre amarilla, dijo. ¿Está usted seguro de esto? ¿Qué cosa es esa enfermedad?

—Es grave, casi como la peste.

—Entonces usted piensa que nuestra gente está en peligro?

—Lamentablemente, sí, Capitán.

—Maldición. No sabía de esa enfermedad. Solo eso nos faltaba. ¿Qué sugiere podamos hacer, doctor?

—Es lo que trataré de averiguar. Me tomará poco tiempo.

— ¿Está seguro doctor? ¿Es posible esto? No hemos podido marcharnos porque nos plantaron aquí con ese arraigo y se marcharon al Virreinato de México, diciendo que pronto se arreglaría y nos dejarían partir. Y ahora con enfermos. ¿Qué sugiere hacer?

—Iré a averiguar respondió el médico. No puedo perder tiempo.

—Proceda. Se hará lo que usted diga.

Una hora más tarde retornó el médico, mojado de sudor—Afirmativo. Descubrí algo—dijo el galeno. Ya había enfermos aquí desde hace más o menos dos meses.

—Está seguro doctor?

—Me lo confirmaron algunos viajeros que huían asustados. Usted puede ver, el pueblo está casi vacío.

En ese momento llegaron los oficiales que fueron al Virreinato a indagar sobre la llegada del Virrey a recibir los documentos, y el arraigo que impusieron los jueces oidores a Don Pedro y sus Oficiales. La respuesta fué una mala sorpresa, ni el Virrey estaba en México sino había viajado a España. A los jueces oidores no los pudieron localizar.

— ¿Es posible que sean capaces de haber hecho esto? Ah, Malditos. Dos jueces de la Corte venidos especialmente de España como dijeron. Esto no tiene perdón ni de Dios.

–Creo que no hay duda, Capitán. Mi consejo es simple señor. Lárguense todos o morirán como moscas.

— ¡Fiebre amarilla! Malditos desgraciados. Creo que hemos caído en una trampa. Gracias doctor, ya puede marcharse—exclamó Don Pedro.

—No puedo. Mi barco ya partió.

— ¿Y por qué no se fué? O es usted un tonto o un valiente —respondió Don Pedro.

—Creo que ambas cosas. Vine con Grijalva y me dejaron para curar a los enfermos en las islas. Ya me arté de andar en el mar. Quiero vivir en alguna ciudad, hacerme una vida.

—Entonces venga con nosotros.

—Gracias, señor. Creo que puedo servir de algo. El barco del Capitán General estaba encallado porque necesitaba reparaciones.

—Busquen al Capitán—dijo el Gobernador a dos de sus oficiales. Que preparen el barco para partir ya.

—Señor— respondió uno de sus oficiales—esta mañana lo fuimos a ver. Aún no terminan de arreglarlo.

—Llamen al Capitán

—Aquí está.

— ¿Está listo el barco?

—No señor. El daño requiere más trabajo. Unos ocho días.

— Hay, maldición. ¿Puede navegar, aunque sea con el problema?

—Imposible. El boquete en el casco se agrandó al encallarlo. Estamos tableando y reblandeciendo con el calor la madera necesaria. Podríamos apresurarnos a unos cinco o seis días.

—Imposible esperar. Habrá que abandonarlo.

—Señor, es mi barco no lo abandonaré.

—Arriesgará su vida si permanece aquí. Hay una especie de peste.

—No me importa. Hay dos voluntarios que me ayudarán.

—Es una orden. Usted va con nosotros. Incluso obligado. Tenemos bestias de carga. Si es necesario, amarrado.

—Sería humillante.

—Claro que sí, y puede retirarse. Ya oyó, es una orden.

Al amanecer del día siguiente todas las comitivas de Don Pedro estaban de viaje llevando algunos pocos caballos y mulas que habían logrado rescatar del destacamento y otros que habían comprado entre los campesinos que huían. Esos animales les servirían para trasportar a los enfermos. A los caballos más adelante debieron abandonarlos ya que el camino irregular en la selva cerrada no los hacia útiles porque corcovaban y arriesgaban resbalar y caerse, lo cual era peligroso para su carga de enfermos que llevaban a cuesta. Solo las mulas, con aquella serena tranquilidad que les adorna, con cada paso seguro y firme aún en los sitios más empinados y resbalosos, se ganaron la confianza y respeto de todos hacia estos cuadrúpedos. Don Pedro y el médico, así como el joven zoólogo tomaban las decisiones.

El medico había dicho—He sabido que este tipo de enfermedad principalmente se presenta en las costas de las Américas con clima caliente y los indígenas creen curarla con brujerías, pero en realidad lo que hacen siempre es subir hacia las montañas que es donde practican sus rituales sin saber que es el cambio de alturas que parece ser lo que los salva de la enfermedad. He sabido también que los pueblos que no se mueven de la costa han padecido esto con gran mortandad.

— ¿Y cómo ve a nuestros enfermos? —preguntó el zoólogo.

—Lamentablemente, ahora mismo y con gran tristeza informaré a Don Pedro que dos de los siete enfermos que estamos transportando, ya fallecieron. Otros dos se han recuperado bastante, y con toda la pena el hermano de Don Pedro y su esposa, siento informarle que están graves.

Cuando se lo comunicaron, la reacción de Don Pedro no se hizo esperar.

—Malditos sean los causantes de esta conspiración, sin importarles ni mis amigos ni mi familia. Ya creo saber quiénes fueron los ejecutores de esa trampa, pero ya sabré quienes fueron los instigadores, y nuestra mano de alguna manera y cueste lo que me cueste, les alcanzará. Lo juro. El rey no creo que sepa nada de esta maldad.

Tres días después y en pleno viaje, le comunicaron a Don Pedro que su esposa y su hermano habían fallecido. Decidieron hacer un corto sepelio, y después de unas cuantas palabras sin resignación, Don Pedro no volvió a mencionar nada referente a su tragedia, solo se empeñó en lograr que el numeroso grupo de su comitiva llegaran seguros a la ciudad de Santiago de los Caballeros de Guatemala.

Al arribo de Don Pedro a su ciudad, solo encargó a Portocarrero suplirlo temporalmente y pasó a encerrarse unos días en el convento de los monjes trapenses, que vivían dentro de un voto de silencio. Era la manera de afrontar ahora su sentimiento por aquella dolorosa tragedia.

Varios días más tarde salió de su retiro y con varios de sus oficiales marchó hacia las costas del norte y luego a las del Océano Pacifico, para supervisar con los vascos el transporte del material para la construcción de los barcos.

Al regresar estaba en su salón de trabajo de la Capitanía recibiendo los informes de los armadores vascos sobre el estado de la construcción de las naves. El constructor Jefe Izaguirre le informaba.

—Ustedes cumplieron trayéndonos al día todo lo que necesitábamos para realizar nuestro trabajo, hasta un exceso de velamen y aquí hemos encontrado un verdadero vergel de maderas de todos los tipos, caoba, cedro matilisguate, guayacán en las selvas de la costa sur. En las montañas del occidente abunda el pino, tanto el común como el de largas fibras y de dimensiones utilizables para los mástiles, y le paso la palabra al señor Bengoa encargado de transportes y mano de obra para que le exponga.

—Señor Capitán General, mi trabajo ha sido bendecido por los oficiales plomeros y obreros de carpintería que me permitió traer de Cuba y la Española, pero debo de pagarles más de lo que se les había asignado. No mucho, pero sí lo justo.

—-Olvídese de eso. Póngales lo que usted crea que vale su trabajo

—Gracias, señor. También deseo darle las gracias por la comodidad en tiendas, la buena comida, el buen trato y el pago que se les dá a los cientos de indígenas que están prestando sus servicios como cargadores, leñadores y demás. Hemos logrado transportar el material pesado del Océano Norte hasta el Pacifico con un gran número de ellos, de manera eficiente ya que son expertos en mover carga pesada rodándola sobre troncos redondeados, incluso partes del camino ya están emparejados con piedra. Los diques que se construyeron en Ixtapa y San José son un éxito. Ya se montaron las quillas de nueve barcos y pronto podrán colocarse los listones de madera del casquete.

—No me agradezca a mí. El señor De Vries aquí presente es quien está encargado del personal, y veo que lo hace bien. Es un joven que sabe honrar sus deudas, dijo sonriente y en voz queda casi solo audible para sí mismo.

—Me gusta, dijo este también sonriendo. De niño me interesaba ver desde mi casa como construían los barcos en un lugar muy lejano donde viví. El pago a los mayas se ha hecho con ropa, alimentos, ganado y abundante comida para ellos y sus familias. Todavía no saben el valor del oro. No se les puede pagar en metálico.

—Mejor que todavía no lo sepan –exclamó Don Pedro. ¿Cuánto tardarán en terminar las primeras naves?

—Después que terminen las lluvias de este año, de cuatro a seis meses.

Varios días más tarde otra vez Don Pedro estaba saliendo de su retiro espiritual en el convento de los trapenses como lo hacía ocasionalmente y le servía para reflexionar y encontrarse consigo mismo, así como enfrentar a sus propios demonios que le reprochaban las recientes tragedias de su esposa doña Francisca, su hermano y sus amigos en aquel desafortunado viaje obligado por la ruta de la Veracruz. Le costaba controlar su ansiedad por vengar aquella criminal conspiración en que habían sido objeto él y su gente. El convento de los trapenses era un buen lugar para reflexionar.

No hablaban.

A los religiosos de otras órdenes no los soportaba.

Al salir del convento el carruaje que le recogería estaba con todas las lonas de recubrimiento cerradas y

Don Pedro se extrañó, pero al acercarse vió la figura de alguien sentado en el lugar del cochero y se aproximó cuidadosamente empuñando el puñalete romano que siempre llevaba en la cintura, y levantando la lona tuvo un sobresalto a la realidad cuando vió a la persona que estaba allí.

—Mia. ¿Qué haces? —exclamó con voz cortada. Ha pasado tanto tiempo y casi me había olvidado de ti.

—Suba, Don Pedro— exclamó la muchacha sacudiendo su rubia cabellera ya crecida y despejando aquellos ojos azul violeta que después del tiempo pasado casi no reconocía.

—Vamos al palacio—dijo él, carraspeando.

—No, Don Pedro. Ya no estoy escondida. Todos me conocen y son buenos conmigo. Quiero enseñarle algo que creo talvez le agradará—dijo la muchacha con aire de suficiencia echando a andar el carruaje.

— ¿A dónde me traes? No quiero problemas— respondió Don Pedro.

—A mi casa. Me la asignó Don Reynaldo, con quien usted me dejó encargada durante su ausencia.

—Bueno. Talvez me cae bien respirar un poco de aire fresco. Veo que es cerca del convento de las Vizcaínas. ¿Sabes que son monjas?

—Si. Es lo único que no me gusta.

— ¿Quieres que te cambie?

—No. Creo que le agradará mi casa. La he arreglado y casi nunca veo a las monjas. Además, soy otra, me cambié de nombre.

—Hiciste bien. Veo que has cambiado un poco.

Cuando Don Pedro ingresó a la casa, un hermoso lugar con un pequeño patio lleno de flores, en el muro frontal había un amplio lienzo cubriendo la pared, ella se adelantó y lo quitó. Era una pintura de vivos colores con la imagen del Capitán General en traje de caballero con una gran cruz en el pecho y un elegante espadín repujado en piedras.

—Oh... ¿Qué es esto? Exclamó sorprendido. Me han pintado mejor de lo que yo soy.

—Así es como yo lo veo. —respondió Mia.

— ¿Tú lo hiciste?

—Si. Me gusta pintar. Aprendí en Italia.

—Increíble. ¿Porqué en una pared? Un muro es frágil y perecedero.

—Como es mi permanencia aquí. Usted ya lo sabrá por mi hermano—dijo con voz casi inaudible.

—Cierto. Pero aquí estás protegida. Estamos lejos de tu país. Yo talvez te cuidaré. No quiero que te expongas al peligro.

— Ya le dije me he cambiado el nombre. Hablo italiano cuando puedo, nunca holandés y me he nombrado Liza. Así me conocen ya todos.

— ¿Quién te lo sugirió? Es un nombre feo.

—El Barón de Cue. Lo hizo porque la idiota monja quería saber quién era yo. Les dijo que era italiana y a mí me gusta ese nombre.

—El barón. ¿Sabe algo de tu situación?

—Nada. El barón es un viejo inteligente y amable, pero no confió en nadie.

—Cierto. Haces bien. De todas maneras, si me ausento, mi hermano Jorge estará encargado de protegerte además del Conde. Gracias por cuidar a mi mascota. Te repito, no tengas miedo, estas muy lejos de tus enemigos. Pero esa pintura no puede estar allí. Alguien se puede enterar y es algo peligroso. Creo que mandaré a demoler el muro.

—¡Por favor no lo haga!

—Aquí mando yo. ¿Ya se te olvidó?

Todas las semanas, el Capitán General iba a los astilleros a ver el progreso en la construcción de los barcos, y se quedó sorprendido de ver como aquellos veleros de gran tamaño iban tomando forma. Pero a la vez se preocupó ya que los vascos le informaron que habían visto a unos individuos, dos o tres hombres, que venían por la brecha desde el mar Atlántico hacia el sur. Solo uno hablaba un poco de español y una lengua rara.

Les abordaron y respondieron que venían a buscar trabajo. Se les ofreció comida y se les contrató para que cuidaran la posta de descanso a cinco leguas de aquí. Tenían la planta de ser marineros extraviados o desertores, creo que servirán allá donde los pusimos ya que a nadie le gusta ese trabajo.

—Está bien. Mandaremos a alguien de la guardia para que los interroguen. No podemos permitir que cualquier desconocido esté entre nosotros.

Los primeros barcos estuvieron terminados, con un número reducido de cañones, nueve repartidos entre los barcos, ya que solo alcanzaron para equipar con esas piezas de artillería seis naves. Desde hacía varios meses se enteró por unos marinos llegados del Virreinato de México que aquellos jueces oidores que lo habían plantado en Veracruz habían partido para el Perú. Iban a seguir realizando su trabajo de investigadores de la Corona ahora en contra de los Pizarro.

Con la ansiedad que Don Pedro experimentaba como un frustrante sentimiento por hacer algo que le brindara alguna paz a su consciencia, que le permitiera resignarse a la afrenta criminal que le costó la vida a su esposa doña Francisca, a su hermano y a dos más de sus leales oficiales, Don Pedro no descansaba pensando en eso. Pero ahora encontró algo que talvez funcionaría apoyado en su estoico carácter que desde muy joven se había forjado el mismo, y procedió a ponerlo en práctica.

Cuando les comunicó a todos sus hermanos, oficiales de su gobierno y amigos lo que pensaba hacer, quedaron estupefactos. Iría al Perú, un lejano país, para cualquiera que quisiera llegar.

Hasta entonces la ruta habitual era por el Caribe hasta Colombia y luego por tierra, a través de selvas y senderos entre las montañas y que eran las llamadas rutas del oro, por donde llegaba esa riqueza que se enviaba desde el Perú a Colombia, donde la embarcaban camino a España, pero para sorpresa de todos, Don Pedro tenía algo que por ahora nadie podía disponer.

Tenía nueve barcos en el Océano Pacifico, seis terminados y suficientemente habilitados para empezar a navegar en aquel océano que de pacifico no tenía más que el nombre. Ocultando en lo más profundo de su mente el verdadero objetivo de este viaje, les dijo.

—Probaremos los barcos con un largo viaje costeando, nos contactaremos con gente del Virreinato más importante del sur y talvez les venderemos algunas de estas naves producto de nuestros sacrificios. Ellos son los mayores productores de oro y plata.

Don Pedro contaba con suficientes marineros para maniobrar las naves e incluso algunos capitanes fogueados y desocupados que habían llegado del Virreinato de la Nueva España en México, y de Cuba buscando trabajo al enterarse de que en Guatemala se estaban construyendo barcos.

Don Pedro, con otro de sus hermanos quien era el líder de la pequeña flota, esperó un cierto tiempo hasta que llegó el verano para iniciar esta aventura y se iban a embarcar con destino al Perú, llevando también un contingente de indígenas mayas como porteadores y refuerzos y un cierto número de mujeres designadas a los servicios.

Pero antes de partir, por un raro impulso pensó en ir a recoger a su mascota y despedirse de Mia. Después de unas horas a caballo tomó el carruaje y se encaminó para la casa de ella, pero cuando llegó notó algo raro. La puerta estaba abierta y el cochero se bajó a averiguar que pasaba, y sin más entró. Casi en seguida se escuchó un disparo. Don Pedro pensó de inmediato que la muchacha estaría en peligro. –¡Qué diablos! —exclamó con furia, se bajó del carruaje y sin más se quitó la pesada chaqueta y trepó al techo de la casa por medio de un balcón de metal que cubría una ventana.

Con movimientos sigilosos se desplazó hasta la orilla para ver el interior del patio y pudo visualizar el cuerpo del cochero tendido en el suelo, y detrás de un pilar estaba un hombre fornido, rubio y barbudo con un arma agazapado y atalayando que alguien entrara por la puerta. El Capitán se desplazó cuidadosamente por el techo hacia donde estaba el intruso, y cogiendo con las dos manos el puñalete con el largo de media espada, arma con la cual el Capitán había sido un hábil maestro, le saltó encima, logrando clavárselo entre el hombro y el cuello y luego con agilidad de gato montés logro ponerle una segunda estocada en el pecho. Otra vez se le disparó el arma al hombrón con un tiro al aire antes de morir.

CUATRO DIAS MAS TARDE Don Pedro estaba en su camarote en el barco de mayor tamaño de la pequeña flota ya navegando por el Océano Pacifico. Eran cuatro naves que se habían adelantado, seguidas por otras dos que partirían varios días más tarde. Navegaban con un viento favorable de popa. Aquella soleada mañana la chica holandesa, después de superar un par de días de mareos estaba sentada en la silla de enfrente a Don Pedro con una expresión de cansada ya que todavía no se superaba desde el incidente en su casa.

—Creo que ya te localizaron los de Holanda—le dijo con voz calmada el Capitán Alvarado. No podía dejarte en la ciudad. Estabas en peligro.

—Lo entiendo, y todavía no he podido agradecerle que me haya salvado la vida. ¿Pero y mi hermano?

—No te preocupes, vendrá en otro de los barcos que partieron hoy.

— ¿Será posible que sean los Dutch? Estamos muy lejos.

—Aun no lo sabemos. Con esto de los barcos ha llegado gente de diferentes partes. No fué posible identificar al atacante, otro escapó y se perdió entre los maizales cercanos al convento. Ya dejé órdenes y le están buscando. Créeme que no le irá muy bien. Los nativos indígenas son excelentes rastreadores y como saben que hay un premio, creo que lo entregarán vivo o talvez muerto para cobrarlo.

—Y porqué tendrían que matarlo?

—Bueno, yo lo quiero vivo para interrogarlo. Pero si los mayas lo capturan, les pertenece.

—Eso es terrible. No quiero oír más. ¿A dónde vamos?

—A un país lejano.

—¿Regresaremos a Guatemala?

—Claro que sí, allá es mi pequeño reino.

— ¿Y por qué este viaje?

—Para probar nuestras naves y cobrar algunas cuentas.

— ¿Le importa mucho la riqueza?

—Nada.

—A mí tampoco, prefiero pintar

—Tendrás tiempo para hacerlo, pero no te olvides de cuidar a mi mascota.

—Es mi trabajo. Ahora duerme conmigo.

—Ten cuidado, no deja de ser un animal. Ponlo afuera de tu cuarto por las noches.

—¿Y si no quiero?

—Lo echaré al mar.

—Es usted un hombre cruel y hasta salvaje...me estoy mareando. Voy al aire.

Navegar es una de las experiencias más adecuadas para quien desea sentirse reconfortado y dueño de su destino. El mar y su horizonte transmiten una reposante sensación de existencia ante lo infinito y absoluta tranquilidad física y espiritual. Don Pedro desde hacía algún tiempo no experimentaba tal reposo y conformidad con sus propias acciones desde que llegó a este país, ya que en ningún momento sus actos que le atribuían fueron por maldad o ambición sino solo para defender su vida y la de su gente. Después de las primeras dos semanas de navegar, una tarde le despertó de su ensoñación la voz del contramaestre de anclas, para informarle que a lo lejos se veía la costa con un pequeño grupo de gente que les hacían señales. El capitán de su barco le pedía instrucciones si se aproximaban o seguían de largo.

—Detengámonos y destaquen un barco que tenga los cañones visibles y que vaya a averiguar quiénes son esas gentes—respondió Don Pedro.

—Expongan los cañones –dijo el Capitán del barco destacado.

—Son gente nuestra. Aligeren el velamen y bajen tres botes. Uno con gente armada.

—Aquí, aquí—gritaban aquellas gentes desde la playa.

Unas horas más tarde los diez o doce habitantes rescatados se encontraban en el barco con sorprendida expresión de ver a los viajeros en unos hermosos barcos que aparecieron como de la nada, en un mar donde jamás habían visto una nave ni sabían que existieran.

Aquellos hombres, quienes fueron llevados ante Don Pedro refirieron que eran porteadores de

suministros que venían de Colombia para una
población del otro lado de las montañas.

— ¿Y por qué están aquí? —preguntó el Capitán.

—Hemos estado varados en este lugar porque la
erupción de un volcán hace un mes nos cerró las rutas
hacia San Roque. Las provisiones se nos acabaron.
Hay otro camino por la selva, pero ahí hay numerosos
indígenas que nos han atacado con flechas
envenenadas. Hasta ahora nos hemos podido
defender, ya nos mataron a varios compañeros—
agregó con voz quebrada.

—Y ya estamos rodeados de indios. Esto es casi
un milagro—agregó el líder de los rescatados,
limpiándose una lagrima. En este océano no hay
barcos. Ustedes aparecieron de la nada. Nos están
salvando la vida. Perdone la pregunta, ¿Quienes son
ustedes, porque tal parece que Dios los ha mandado?
Sera que todavía merecemos vivir?

—No pierda tiempo, más adelante lo
sabrá...—respondió Don Pedro—ayuden a
transportarlos y que los atiendan.

Todo este dialogo se realizaba en cubierta, y
desde la barandilla de popa algunos mirones estaban
pendientes, entre ellos se encontraba la muchacha
holandesa, quien con voz entrecortada le dijo a la
cocinera que estaba próxima a ella.

— ¡Por fin veo un poco de piedad de parte de ese
hombre entre su acostumbrada dureza!

La cocinera le respondió—usted no le conoce—dió
la vuelta y se fué , haciendo un feo gesto.

Los rescatados tenian buenas infomaciones
sobre la zona y les ayudaron a los navegantes
diciéndoles dónde desembarcar para cargar agua.

El más informado de los rescatados le dijo que a
unos cuatro días de distancia estaba un lugar que se
llama Callao. Pero para llegar a la ciudad de Lima hay
que atravesar las montañas de una gran sierra y ahí

está la autoridad del Perú con el Virrey Pizarro, en aquella montaña hay mucha nieve.

—Pero ahora apenas ha terminando el verano—respondió Carrasco. —¿Porqué la nieve?

—Porque en estas zonas el clima es inclemente y no cambia. Aquí donde estamos hay calor todo el año y nieve en las montañas porque tampoco cambia mucho por la altura. Pero a veces allá hay tormentas.

—Bueno, gracias por la información. Es Buena pero preocupante.

—Vamos al Callao dijo Don Pedro—Alejémonos de las playas y hagan señales a las otras naves que desplieguen velas.

—Si, señor—respondió el capitán del barco.

Después de tres días navegando llegaron. El Callao ya era una población más o menos formal con casas de adobe y hasta ladrillo. Tenía una iglesia con su campanario que sobresalía y cuando llegaron los barcos, un numeroso grupo de gente se habían juntado en el puerto con varios muelles para lanchas. A todos se les veía cara de sorprendidos al ver aquellos barcos con su gran velamen, ya que posiblemente una buena parte de habitantes eran gentes del interior que jamás habían visto naves de aquel tamaño y menos en ese océano.

Cuando desembarcó Don Pedro con su comitiva en varias lanchas, estaban las autoridades civiles, militares y religiosas esperándolos.

—Hemos tenido noticias de la aproximación de sus barcos desde hace días—dijo un hombre alto con barba y bigote blancos acompañado de varios oficiales que vestían media armadura, como demostración de su identidad de militares. Soy el delegado de gobierno— exclamó—aquí me acompañan el Alcalde Mayor, los consejeros, el obispo, otros funcionarios, y vecinos que al igual que yo, queremos saber ¿quiénes son ustedes y de dónde vienen?

—Soy Don Gonzalo de Alvarado y deseo informarles algo de nuestra inesperada llegada después de este largo viaje, que naturalmente debe haberles sorprendido. Somos de una colonia española que esta en Centroamérica, muy al norte de aquí, cuya capital es Santiago de los Caballeros de Guatemala. Actualmente estamos haciendo este largo viaje al Perú, en estos barcos que hemos fabricado para navegar el Océano Pacifico. Hasta ahora hemos tenido éxito ya que se ha realizado este largo viaje sin incidentes hasta el Callao. Y ahora, deseo presentarles a nuestro Gobernador y Capitán General de Santiago de los Caballeros de Guatemala, jefe de esta expedición.

El mencionado tomó la palabra y dijo.

—Deseo presentar mis respetos a las autoridades y al pueblo del Callao, y por medio de este honorable grupo de los aquí presentes, hacerles llegar a las autoridades centrales de este gran país un respetuoso saludo y un mensaje con la noticia de nuestra amistosa visita y presencia en el Callao.

—Así será—respondió el representante de la autoridad peruana. —Naturalmente, estamos algo sorprendidos por su arribo a este asentamiento habitado por esforzados hombres y mujeres que con gran valor, inteligencia e infinita audacia, están aquí para seguir extendiendo la fé y los valores cristianos en este inmenso y hasta hace poco ignorado continente.

Los representantes de Callao deliveraron por un momento y luego el hombre alto y de impresionante amabilidad agregó.

—El pueblo de Callao, sorprendido por tan inesperada presencia de esos flamantes bajeles ondeando la bandera española en este inmeso Océano Pacifico, de lo cual no teníamos noticia alguna que existieran y estamos sorprendidos pero orgullosos, y damos la bienvenida a nuestro émulos conquistadores de aquel país del norte de América, de donde han partido.

Dos curas solicitaron permiso para bendecir las naves y Don Pedro se los concedió, y de inmediato con su plana mayor de oficiales fueron invitados a la casa del gobierno de la población.

Después de las ceremonias de rigor, y luego de ser agasajados con algunos licores y bocadillos, el jefe de la casa y autoridad máxima del lugar, llamó a Don Pedro y le condujo a un pequeño salón privado donde sorpresivamente le dijo.

—Señor Capitán Alvarado. Soy viejo y no me chupo el dedo. ¿Por caso sabían ustedes de la existencia de este asentamiento que hasta hace poco ha recibido el título de pueblo y el nombre? Dígame sinceramente cuál es el objeto de este largo viaje que han realizado. Somos receptivos y comprenderemos cualquier situación amigable. ¿Estamos?

—Veo que es usted un hombre perceptivo e inteligente, señor alcalde. Francamente no sabíamos de la existencia de este pueblo, pero ya con dos o tres días de descanso estaré en condiciones de informar con toda la verdad el objetivo de nuestro viaje. Pero por de pronto le anticipo que nuestras intenciones son pacíficas, y su amable hospitalidad jamás sería deshonrada, ante la sincera franqueza de sus palabras. Nuestros cañones están bien guardados y mi gente está feliz de departir con su ahora admirable pueblo de Callao.

—Gracias a Dios, y que así sea. Talvez sabrá que tenemos problemas de insurrecciones y debemos ser cuidadosos. No es desconfianza, y por favor no lo vayan a tomar así, pero aquí tenemos a alguien que ha estado varios años por el norte y seguramente habrá sabido algo de ustedes y talvez oído alguna vez su nombre o sus actos como un importante gobernante y conquistador que debe de ser usted. Luego le conocerá.

Un par de días más tarde conoció al mencionado hombre quien era el posible conocedor de las gentes de México y talvez de Guatemala. Era peruano y se llamaba Antonio Cabeza de Vaca, y según dijo, había militado durante algún tiempo en las filas, como suboficial en las tropas del Virrey de México. Parecía un hombre sencillo, pero por lo que se pudo ver casi de inmediato, era perspicaz e inteligente y lo primero que dijo fué.

— ¿Don Pedro de Alvarado? Qué honor y oportunidad de conocer a un valiente Capitán como usted, quien, en los momentos más difíciles, y siendo apenas un joven oficial salvó a las tropas de Don Hernán Cortes de una debacle. Señor, es usted toda una leyenda.

—Gracias, espero merecer semejante elogio de su parte.

—Señor. Algo más, aunque solo hayan sido rumores oí decir que usted habría sido el mejor sucesor de Don Hernán Cortez, y ahora mismo talvez el Virrey de México. ¿Qué sucedió?

—Excúseme. Talvez algún día lo sabré yo también. Tenemos asuntos más actuales de resolver por ahora.

—Efectivamente. Las autoridades del Callao me lo han recomendado de manera muy especial para ayudarlo. En lo que sea, si, señor en lo que sea. Fuera de mi padre no habría nadie más a quien yo le confiara tanto como al hijo del sol...o sea, a usted, Tonatiuh.

— ¿Tonatiuh? Fuera de esta vez no quiero oír otra vez ese nombre—respondió en voz pausada, pero con cierto sobresalto.

—Disculpe señor, cuente con mi promesa de no repetirlo.

Esto confirmaba que aquel hombre sí sabía algo de él porque Tonatiuh era el apodo indígena que en su lengua quería decir *hijo del sol*, y se lo clavaron los nativos por sus acciones guerreras que les doblegaron e impusieron respeto con mano dura, y algunos indígenas supersticiosos incluso influidos por sus leyendas llegaron a sublimarlo como un enviado de los dioses, por su apariencia física mencionada en alguno de sus códices indígenas. Él era blanco y de pelo castaño tendiendo a pelirrojo. Pero Tonatiuh había sido para Don Pedro algo así como como una expresión de su propio demonio o el hombre id que todos llevamos adentro, pero sentía que ya estaba logrando sepultarlo en el olvido. Los hechos de la conquista de México ya estaban muy lejos y superados en el tiempo y en su memoria.

—Nunca más—dijo con voz escandida.

—Si así lo desea señor, su palabra es ley. Discúlpeme, y como debe de ser, le pido permiso para darle a conocer algo sobre mi persona.

—Adelante, pero que sea breve.

Después de escuchar varias cosas irrelevantes de la vida de Cabeza de Vaca, se pudo captar en él un cierto tono de frustración y desacomodo con su vida actual, y Don Pedro con esa especial percepción que le caracterizaba, notó que esta persona podría ser utilizable para sus fines, ya que hasta insinuó que partiría para algún lado en la primera oportunidad. Entonces Don Pedro pensó que tendría que arriesgarse. Se decidió lanzar la pregunta, el tiempo de permanencia aquí iba a ser corto.

—Podría usted tener el valor de ayudarme a realizar una misión digna y confidencial necesaria que debo de realizar en este viaje, y que no es algo deshonroso o perjudicial para usted o para estas buenas personas del Callao?

—Creo ser confiable, y por mi honor le prometo que de aquí no saldría jamás lo que se hablara al respecto.

—Es algo muy importante para mí, que luego lo sabrá. Bueno, he percibido que es usted un hombre inteligente y merecedor de más. En los últimos tiempos he perdido a algunos de mis capitanes más valiosos, incluso a uno de mis hermanos. Piense y considere un futuro título y trabajo como oficial efectivo para usted, radicando en la Colonia de Guatemala, y antes de veinticuatro horas deseo recibir su decisión.

—No necesito de ese tiempo para sentirme honrado en servir al Capitán General Alvarado y Contreras, donde sea. O sea, será una gran satisfacción.

–Lo felicito, veo que usted es persona valerosa y como ha dicho confiable. Mañana a las a las doce de la noche lo espero en mi nave para formalizar.

—Allí estaré, señor.

Los dos días siguientes el alcalde Rubirosa y el rector de negocios del Callao le llevaron a conocer un par de pequeñas minas de oro y plata que estaban en los alrededores del pueblo. El alcalde y un contralor que les acompañaban abiertamente le pidieron a Don Pedro que les vendiera uno de los barcos.

Y él contestó—por ahora no están en venta.

Mia, quien los acompañaba con gran curiosidad y sorpresa de que los locales les demostraran tanta confianza a Don Pedro antes de conocerlo mejor, imprudentemente intervino.

— Capitán, usted dijo que este aburrido viaje era para vender barcos. ¿Por qué no les vende? Solo quieren uno.

Ah, Caray—dijo sorprendido y sonriendo el alcalde. Veo que tiene usted una bella negociadora. Y parece que está de nuestro lado.

—Es solo mi invitada, talvez aprenderá algo con estas experiencias.

—Me voy—dijo ella—no soporto las decisiones de este señor gobernador. Así pasaremos años para vender esos barcos.

Esa tarde a bordo del barco ella le dijo a Don Pedro algo así como un reclamo. Ellos tienen el oro para pagarlo. Ya llevamos dos semanas aquí y tengo mucho frio.

— ¡Ay querida niña! Sé que alguien te dijo alguna vez que no me conocías, y estoy empezando a confirmarlo. Te invitaré a la próxima reunión que tendré con las autoridades del pueblo, para explicarles algo y que también tú te quites esas ideas de la cabeza, pero antes debo de explicárte algo.

—No me interesa. He hablado con la gente del Callao y hay madres que quieren ver a sus hijos quienes están en destacamentos ahora muy lejanos de ellos. Con un barco podrían hacerlo fácil. Es usted muy duro. No quiero oír más de esto ahora.

—Está bien, pero te sugiero que después hablemos para que dejes de meterte en esto—respondió Don Pedro.

— ¿Porqué debo callarme? preguntó la muchacha.

—Ningún barco está en venta todavía —exclamó otra vez Don Pedro—como tratando de sugerir un mensaje a la muchacha, de ¡cállate ya!

—Voy a hablar con ellos ahora mismo dijo Don Pedro.

—Al diablo! Que se diviertan. Hay cosas más interesantes que puedo hacer afuera con gentes corteses y muchos niños curiosos por saber del mundo.

Esa tarde cuando regresaron al barco y estaban en la cena Mia estaba poco receptiva y parecía disgustada al saber que Don Pedro no les había vendido el barco.

—Llegó el momento en que debo explicarte algo que talvez te dará los motivos de nuestro desacuerdo— le dijo Don Pedro con voz calmada.

—No me interesa—respondió ella.

Mia pensó, *este hombre solo piensa en sí mismo sin importarle los demás*— intentando levantarse de la mesa, pero su hermano la detuvo.

—No, Mia—le dijo deteniéndola. —Tienes que escuchar las razones que se te expondrán.

—Hazlo por cortesía. Tu no actúas así con nadie. Siempre has sido dulce y educada. ¿Qué te está pasando?

—Déjala si no quiere escucharme – intervino Don Pedro.

Ella con una forzada expresión de obediencia al hermano se volvió a sentar. Con una mirada directa a Don Pedro le dijo con palabras suaves.

–Ahora óigame, señor, ¿cuál es ese terrible motivo o su secreto que según dice debe explicarme?

—Está bien. ¿Qué te parecería que yo vendiera uno solo de los barcos a estas buenas gentes carentes de malicia y que apenas están empezando a gobernar, y que por tus ruegos yo quizás accedería a vendérselos? ¿No lo puedes ni imaginar verdad?

Ella permaneció callada.

—Contesta por favor.

—Pues creo que todos estaríamos muy contentos de haberlo logrado—respondió.

—Escucha esto y espero lo entiendas, porque es lo que sucedería. Unos pocos días después de que se enteraran en el Virreinato de semejante negocio, arribarían los soldados del Virrey Pizarro, encarcelarían a las autoridades del Callao que son gentes bien intencionadas, pero ellos no saben que estarían cometiendo una falta de respeto al Virrey.

Aquí jamás se podría hacer algo así sin tener el permiso o autorización de los de arriba. Y en este caso a nosotros, si tenemos suerte, nos darían un día para largarnos de este país con nuestros barcos. Eso si fueran piadosos con nosotros, o hasta un embargo nos podrían aplicar, y tendríamos que regresar caminando por la ruta del oro hasta Colombia. Y un buen grupo de nuestros amigos aquí en el Callao languidecerían en las cárceles por nuestra culpa.

—¿Y eso no lo sabían ellos antes de comprar el barco?

—Igual que tú, lo ignoraban, pero no podía explicárselos porque todavía no estaba seguro cuál era el peligro de lo que te he referido. Aquí sería una falta de respeto a las autoridades superiores.

— ¿Entonces no podrán comprar ni uno de los barcos?

—Los que fueron a Lima pedirán el permiso.

— ¿Qué aquí no hay algún respeto, o un Dios que los haga menos abusivos, y España no castiga estas atrocidades?

—Aparentan ignorarlas, mientras les siga llegando el oro, y Perú es uno de los países que produce más riquezas que se van a España.

—Dios mío. ¿Cuándo partiremos de aquí?

—Tan pronto retornen de Lima los que fueron a negociar con los Pizarro—respondió esta vez Jan, el hermano.

—Nunca vi que en la colonia de Guatemala se abusara así de la gente.

—No me atrevería a confirmarlo o a negarlo—respondió el Capitán General con sarcasmo.

En ese momento interrumpieron aquella charla privada para informar a Don Pedro que regresaban los miembros de la expedición que habían ido a Lima a contactar a los Pizarro. También, sin mayores explicaciones, informaron que al regreso una terrible tormenta los detuvo varios días en la sierra y se cobró la vida de algunos miembros de la expedición.

Todos los presentes quedaron como petrificados, y Don Pedro y sus acompañantes salieron de inmediato para la alcaldía para saber lo sucedido.

En la expedición iban, el hermano de Don Pedro al mando del grupo acompañado por el oficial Cabeza de Vaca, varios oficiales y soldados y dos guías locales conocedores de aquellas peligrosas rutas por las montañas nevadas de gran altura, y donde por varios días habían tenido que afrontar una severa tormenta que se cobró la vida de varios de los integrantes.

Al llegar, el alcalde presentaba una expresión terriblemente compungida por las noticias que traían. El hermano de Don Pedro, el Capitán Don Gonzalo de Alvarado y uno de sus valientes oficiales se perdieron, cayeron en un precipicio entre las nieves de aquel frio infierno.

—No sabe cómo lo lamentamos—dijo el alcalde dirigiéndose a Don Pedro. —Aquí está el señor consejero Cabeza de Vaca quien podrá informarle de toda la secuencia de esta triste situación.

—Están seguros de quienes fueron las víctimas, —Expresó Don Pedro con voz firme pero temblorosa.

—Si señor dijo uno de los recién llegados. Rescatamos los cuerpos que luego llegarán.

—Oh, Dios mío. Que es lo que me sigues cobrando—exclamó Don Pedro con voz quebrada.

—Podemos hacer algo por usted? Exclamó el alcalde. —Su hermano estará en la capilla para velarlo en la iglesia.

¿Qué más podemos hacer? dijo el alcalde.

Por favor que me acompañe el señor Cabeza de Baca, y mañana haremos un pronto sepelio digno de dos Capitanes y que luego les construyan un mausoleo que dure mucho tiempo. Disculpe, debo retirarme a reflexionar de mis afanes y tristezas. El señor Cabeza de Vaca me acompañará luego para saber cómo sucedió esta dolorosa desgracia.

—Si, señor—dijo el alcalde.

Después de permanecer varias horas en la iglesia, conmovido por aquella tragedia, Don Pedro y su acompañante caminaron a las lanchas que los transportarían al barco, y calladamente se dirigieron al camarote de Don Pedro donde después de cerrarlo lo único que dijo fue—Si hubiera sabido que esto sucedería jamás hubiera insistido con mi obsesión de venganza. ¿Porqué otra vez a mí?

—Fué el destino. A cualquiera podría habernos sucedido—dijo Cabeza de Vaca. ¿Desea que le informe algo más, Capitán? Talvez menguara un poco su dolor.

—Hágalo—respondió Don Pedro dando la espalda a Cabeza de Vaca y viendo el oscuro mar por una escotilla. ¿Se cumplió la misión?

—Sí señor.

—Tiene pruebas?

—Sí señor. Resguardadas en mi casa, Hace calor. Tiene que verlas pronto.

—Así será, vamos.

Ambos fueron a la casa del oficial Cabeza de Vaca para ver lo que tanto había esperado, y durante un momento quedó como paralizado contemplando las dos bolsas de lona antes de abrirlas, y le dijo al oficial.

—Vacíelas.

Las dos cabezas rodaron por el suelo, y aunque hacía ya cierto tiempo que Don Pedro había visto a los jueces oidores cuando lo arraigaron en Veracruz, los reconoció. En efecto eran los ejecutores del arraigo en aquel lugar. Y a pesar del tiempo pasado tenía presente los rasgos principales de aquellos dos malvados jueces. Uno tenía un mechón blanco de pelo, que ahora, aunque un poco empolvado se podía distinguir, El otro tenía una quijada muy prominente y Don Pedro no lo olvidaba cuando en Veracruz tenía fija en su memoria la dentadura de oro que gastaba y aquella mirada de odio que ahora por supuesto estaba apagada.

—Está bien, Antonio. Luego llévelas con mis edecanes en una lancha y tíralas en el mar. Que recen una oración en memoria no de estos malvados, sino de mis familiares y amigos que fueron sus víctimas. Cayeron los ejecutores, faltan los instigadores. Espero que mi vida y mi poder sean lo suficiente largos para cobrárselas algún día.

—Puedo referirle algo más Don Pedro? —preguntó Cabeza de Vaca.

—Si es de la muerte de mi hermano, no. Será más adelante.

—No señor. Es de la manera como se logró realizar cosa tan delicada y peligrosa, gracias al valor e inteligencia de su recordado hermano. Sin él nuestras cabezas serían las que estarían colgadas ahora en Lima.

—Adelante y que sea corto—respondió Don Pedro pensando que le debía un poco de tiempo después de lo que había ayudado a realizar, y comenzó a relatar, y en memoria de su hermano.

—Dos familiares de los Pizarro que dijeron ser acompañados con una gruesa escolta cerraron el trato. Serían tres barcos los que se entregarían al Bachiller y navegante Bermejo, quien es aquel señor alto que representa aquí en el Callao al gobierno de Lima. Una de las naves sería para el pueblo del Callao. Las otras dos naves se quedarían aquí en el Callao, donde el gobierno construiría un puerto. Todos los que participaron de parte de los Pizarro estaban enmascarados, y se dispersaron en un semicírculo a cierta distancia de nosotros, lo cual parecía una actitud sospechosa.

—Creo que estamos en peligro—dijo su hermano en un susurro, pero en seguida con voz firme se dirigió a dos de los enmascarados que se habían aproximado a ellos sin decir palabra alguna.

— Allí está el oro— dijo señalando a la mula que llevaban ellos con un bulto como carga. Y fué una decisión riesgosa y un momento difícil entregarles el oro que podría perderse, lo cual era un gran peligro, y sabe Dios qué hubiera sido de nosotros. Pero su hermano valientemente se atrevió a decirles algo que talvez disuadió un poco de sus posibles intenciones a los enmascarados. Con voz firme les hizo presente que el Gobernador y Capitán General de la Colonia de Guatemala esperaba las pruebas del cumplimiento del trato. Que era un hombre para el que no existían obstáculos. Que en el Callao tenía seis barcos y que mediante se cumpliera con el trato se entregarían a los Pizarro tres de esas naves. Que el Capitán Alvarado era hombre de palabra, ya que para realizar esta venganza que hoy se supone iniciada, el Adelantado para llegar al Perú había construido barcos, viajado cientos de leguas y que era uno de los hombres más tenaces y valientes entre los conquistadores para cumplir con lo que se proponía. ¿Cuales serían las pruebas que les darían para cumplir este trato? Ellos dos tenían un tiempo límite para estar de nuevo en el Callao. Ah, y se me olvidaba. En el Callao tenemos los seis barcos completamente artillados y con pólvora, municiones y gentes entrenadas suficientes para cualquier eventualidad y estamos bien informados donde están los numerosos insurrectos que luchan en contra del poder en Perú.

Aquellos dos hombres enmascarados hablaron por varios minutos entre ellos, pero luego tomaron el oro, se retiraron a cierta distancia ya no a conversar sino a discutir en voz más alta, pero imposible de oír y luego uno de ellos se aproximó a Don Gonzalo y nos dijo —feliciten a Don Pedro, el joven y valiente conquistador. También nosotros sabemos cumplir.

Aquí están las pruebas dijo, haciendo una señal para que uno de la escolta les arrojara en el suelo dos bolsas de lona, y partieron al galope. Toda su vestimenta estaba mojada dijo Cabeza de Vaca, por el temor casi seguro que algo grave les sucedería ante aquella partida de enmascarados, concluyó diciendo.

—Gracias por contármelo. Mi hermano siempre fué un valiente.

Bien. Vamos al sepelio de los nuestros y luego a descansar.

—Señor. Disculpe. Es algo muy importante que no puede esperar. Después de esto mi vida aquí ya no valdría nada. ¿Puedo ir a esa nueva vida con ustedes?

—Mañana se empezará a preparar el retorno a nuestro país. Usted irá con nosotros.

La joven durante varios días había estado incomoda y casi no se había entrevistado con Don Pedro, pero cuando llegó a darle el pésame por la muerte de su hermano, Don Pedro aprovechó para que en una forma delicada rompiera el disgusto que ella había incubado, y antes de que partiera la joven a sus aposentos, Don Pedro la llamó y le dijo.

—Tus amistades del Callao ya tienen lo que ellos deseaban y tú que luchaste tanto por ello. Son tres barcos con todo lo necesario están ya entregados al pueblo del Callao. Creo que talvez te brindará alguna alegría haber logrado lo que tanto querías para ayudar a esta gente. Me han encargado pedirte permiso para ponerle a uno de los barcos tu nombre.

— ¿Mi nombre? Bueno si usted lo permite, sería muy feliz acepto y gracias. Pero...pero perdóname. Creo que fui necia, muy necia cuando tú estabas con más problemas que yo no alcanzaba a comprender.

—No tienes que pedir perdón por algo que no sabías qué sucedería. —Espero que ya me conozcas un poco más.

—Sin duda alguna. ¿Y porqué pensaste eso?

—Por la expresión de tu mirada. Desde que partimos del Perú ya no te veías triste, sino desafiante, como eras antes. ¿Tienes acaso algo más importante por delante que hacer aparte de vender barcos? A veces presiento cosas, y espero algún día saber más de ti y de tus afanes.

—Olvidalo. Solo quiero anticiparte que habrá cambios al regresar.

— ¿Cambios? Yo pienso que como lo hice en El Callao, en Guatemala voy a dedicarme a enseñar.

— ¿Enseñar?

—También hay niños en Santiago.

—No podrás. Ya lo olvidaste, o quieres ignorarlo, que estás en peligro. Etoy buscando la manera segura de hacerte llegar a tu país con tu familia.

—Yo no tengo familia allá. Me gusta aquí.

—Tu hermano no lo piensa así. Ustedes dos deben de comparecer ante la corte.

—A mi no me importa.

—A mi sí, y tendremos un par de semanas más navegando por este proceloso mar para resolver tu destino sin destrozar mi autoridad.

—Ya estoy convencida que solo venías a vender barcos, sin hacerle daño a nadie como yo creía.

—Sin duda alguna.

EL RETORNO A GUATEMALA fué una prueba más de la calidad de los barcos que se construyeron. Hubo algunas tormentas sin incidentes mayores que les retrazaron su arribo, y después de cinco semanas de viaje pudieron contemplar de nuevo las playas de Guatemala, donde varias personas les esperaban en los muelles y alrededor de los diques.

El Capitán Alvarado venía muy triste por la tragedia, pero también resignado por todo lo que había pasado y logrado. Pensaba que era un buen momento para seguir adelante con su vida.

Al teniente Cabeza de Baca algunas gentes del Callao, agradecidas por su ayuda a Don Pedro para conseguir los barcos, le obsequiaron varias bolsas con unas semillas de una planta que se llamaba tabaco. Le dieron los secretos para cultivarlo y le dijeron que en Perú era un producto indígena que se fumaba, y que talvez podría cultivarlo y venderlo en aquellos países del norte.

LO PRIMERO QUE DISTINGUIERON los viajeros al llegar a las costas de Guatemala fué que quienes allí estaban no mostraban señas de alegría o alguna expresión de agasajo en honor de los recién llegados, y en efecto tan pronto Don Pedro y sus oficiales entraron en contacto con quienes les esperaban se enteraron del motivo de algo que había sucedido.

—Si, Capitán — dijo el alcalde mayor secundado por algunos oficiales de la gobernación. Fueron unos cientos cincuenta o doscientos personajes oficiales, incluyendo un numeroso grupo de damas españolas encabezados por un par de altos funcionarios de la corte que arribaron hacía varios días, y que según informaron estaban ya instalados en casas vecinas al palacio de los capitanes. Según se supo el dirigente de todos ellos era un Marqués llamado Francisco López de Montemayor, destacado funcionario enviado por el nuevo monarca, ya que el anterior Rey Carlos Primero había fallecido hacia un par de meses, lo cual por su ausencia y la distancia Don Pedro no se había enterado. Supo que arribaron en tres grandes veleros que estaban anclados a cierta distancia de los muelles en el océano Atlántico. Un pequeño grupo de personajes venidos de España estaban también mezclados con el comité de recepción que daban la bienvenida a Don Pedro, entre los cuales le llamó especialmente la atención que había un cierto número de altos oficiales de la milicia con vistosos uniformes. También su hermano Jorge informó a Don Pedro que de otros barcos desembarcaron unos cuarenta o más soldados españoles.

—Esto como que no presagia nada bueno. ¿O como lo ves? —Le dijo Don Pedro a su hermano Jorge.

—Creo que hasta ahora no hay problemas, pero hay que esperar hasta saber sus verdaderas intenciones. Ellos siguieron todos los protocolos para desembarcar. Me pidieron permiso, nos requirieron ayuda para instalarse, y por supuesto les hemos ayudado. Hasta ahora no han mencionado nada respecto al motivo real de su llegada, porque según dijeron te esperaban, pero en todo han manifestado una conducta muy respetuosa, y mencionaron varias veces que otras misiones también estaban siendo destinadas a diversas colonias de América, ya que después de los triunfos de España sobre su enemigos en Europa y África, ya derrotados y sometidos, el imperio estaba en posibilidades de atender a sus colonias y estaba aliado con Alemania y los países bajos.

—Bueno. Empecemos a llamar a los oficiales aposentadores, a los jefes del protocolo y demás para darles la bienvenida oficial.

Tres días más tarde sería la cita con el Marqués de Montemayor y su canciller.

—Ya me adelanté en algo—dijo Don Jorge.

—Mañana concertaremos la primera visita y tu presentación al marqués y su comitiva.

—Ya sabía que tu siempre pudiste hacer bien las cosas. Gracias hermano.

Al tercer día fué la reunión para presentar a los jefes con el Gobernador Alvarado y demás oficiales de gobierno. Se hicieron todos los convencionales protocolos de presentación, incluso las damas ingresaron al salón en un cortejo despampanante simulando los eventos reales, lo cual lo sintió un poco chocante Don Pedro, ya que el Marqués parecía estarse sintiendo como el rey del gallinero ajeno. Todo fue fácil y rápido con pocas palabras y más o menos tranquilo para los de casa. Después hubo un baile con un selecto grupo de esposas locales e invitadas venidas de España, pero cuando el baile estaba en su apogeo, un teniente catalán de apellido Dubios, miembro del grupo militar y ayudante del general, le habló discretamente a Don Pedro diciéndole que le quería hablar en privado, a lo cual Don Pedro reticente, pero oliendo algo planeado le condujo a una sala alejada del tumulto.

—Es difícil que usted sepa quién soy, fué lo primero que dijo el teniente Dubois, pero en algún momento la vida de mi padre dependió de una valiente decisión suya, en México, durante la conquista.

— ¿Y quién era él?

— Un alférez de artillería que alguna vez fué su asistente y se llamaba Juan Martín Dubios.

—Francamente no lo recuerdo, teniente.

—Bueno, lo principal es que deseo informarle algo que puede ser de interés para usted—Dubois lo dijo con expresión tan sincera que no podía ignorarse, y Don Pedro estuvo dispuesto a oír.

—Me interesaría pero que sea corto.

—Sí señor, procuraré ser breve y voy a informarle algo y voy a confiárselo, aún si me lleva un poco más de tiempo. Tengo algo importante que decirle porque usted está al borde que le cambien su vida, o talvez peor.

—Por Dios. Vamos y empiece a hablar.

—Bien. Son cosas de las cuales se enteran los subalternos cercanos a los poderosos como donde yo estoy ahora. El Marqués trae órdenes de gente importante de la corte talvez hasta protegidos del actual rey, de pedirle a usted algo referente a que les entregue a una pareja, de jóvenes. Son dos hermanos de apellido De Vries, que en España aseguran que están bajo su protección, y perdón que lo repita, secuestrados por usted.

— ¿Eso están diciendo y eso quieren? Bastardos, créame que jamás se los entregaría. Los De Vries son holandeses y no están secuestrados, son mis huéspedes y esto apesta a negocio sucio. Tengo mis razones personales para sospecharlo y no creo que el rey esté en esto.

—Comprendo, señor. No sé cuál será su caso, y discúlpeme, pero jamás fue mi intención personal molestarlo en esto.

—Teniente, ya basta. Creo que es suficiente— dirigiéndose hacia la puerta.

—Lo siento señor, y discúlpeme, pero hay algo más.

Esto le hizo detenerse al Capitán Alvarado. —Ojalá que no le afecte, porque es lo que puede cambiar su vida.

—Bueno, —dijo Don Pedro cavilando un poco. —Si es comprobable dígamelo. o cállese, y que sea lo último.

—Sí, señor. Talvez usted ya lo sepa, pero lo han manejado en secreto. Desde hace dos meses es usted un hombre casado.

— ¿Yo casado? — dijo Alvarado.

— Repítamelo.

— No—dijo cavilando.

— Dígame con quien, si lo sabe y ¿cómo se enteró?

—Lo oí de mis jefes. Fué en España y en ausencia del novio, que es usted, fué con representación legal y apadrinado por el Rey Carlos Primero que lo dejó ordenado antes de su muerte.

—Diablos. ¡Otra vez!

—Discúlpeme señor, pero usted me lo pidió. Ella es una excelsa dama de la corte. La Marquesa doña Beatriz de la Cueva, viuda del Barón Werner Von Kunze.

—No siga. Gracias por toda su información, que no creo que ese grupo de sus poderosos jefes sean tan estúpidos o descuidados para soltarle esa montaña de porquerías, y que duerma bien después de haberse descargado. Talvez para evaluar mi situación o intenciones. Y no sé si es usted un inocente o un servil instrumento de mis enemigos. Buenas noches.

Capitulo 8

Cerca de la ciudad de Marsella en un balneario de aguas termales se encontraba el Burgomaestre de una ciudad holandés llamado Otto Magermans. Este personaje funcionaba como uno de los cerebros del gobierno de la Dutch Republik, potenciales dueños de la inmensa corporación De Vries Enterprises, actualmente intervenida por la Federación del Reino de Holanda. La reunión era con el Canciller Mayor de la Corona del Reino de España, el Marqués Fernando Villafuerte y Belapaga.

Se trataba de concertar un asunto que por su importancia merecía el mayor secreto posible, por lo cual ambos hombres habían tomado precauciones extremas como fué cambiar varios medios de transporte para trasladarse hasta el lugar de la cita. Incluso el canciller español recurrió a un maquillista para que le enmascarara de alguna manera la fisonomía, el cual le implantó una pequeña peluca tan bien realizada que hasta estuvo tentado de dejársela permanentemente, pero pensó como le verían en la corte con semejante cambio, ya que su calvicie y la configuración de su cráneo lo hacían notorio, Decidió usarla solo para encubrimientos y situaciones ocasionales.

—Entonces, dicen ustedes que un Gobernador y Capitán General de una de nuestras colonias está encubriendo o talvez tiene secuestrados a personajes con secretos de estado peligrosos para la Dutch Republik, y que urgentemente necesitan ser neutralizados de alguna manera. ¿Es así, señor Magermans?

—Sí, así es.

Bueno creo que pueden dejarlos allá tranquilos. Aquel lugar está muy lejos, y solo podemos ordenarle al gobernador de la colonia que los arraigue o si desean se los mandamos a Holanda con toda la discreción del caso. ¿Porqué diablos promovieron ustedes tanto secreto para una cosa tan simple?

—Bueno, solo es un trato delicado entre gobiernos amigos, y esas personas no deben regresar a Holanda. El motivo es tan fuerte que el mismo comandante gobernador de mi país es quien me ha comisionado. Ha costado varios años a nuestro servicio secreto localizarlos porque habían desparecido. La llegada de estos a Holanda podría hasta degenerar en un conflicto importante en la Federación de los Países Bajos. Ya les ha costado últimamente la vida en Guatemala a dos de nuestros mejores Falange Secrete o espías, quienes después de años de búsqueda localizaron a esos dos en aquella colonia española llena de peligros, pero también hemos sabido que hay un personaje español tan influyente que es quien los protege, o los tiene secuestrados en lugares seguros sabe Dios con que propósitos.

— ¿Y se puede saber quién es ese personaje español?

— Se llama Pedro de Alvarado y es el gobernador de una colonia española en América llamada Guatemala.

— ¿Pedro de Alvarado dijo? Y es un gobernador. Ah, Caray, entonces sí parece algo de importancia para España. Mi gobierno no podrá permitirlo— exclamó el español brillándole los ojos y procurando disimular su sorpresa, sacudido por la noticia. —Dijo usted que él era quien les estaba protegiendo o secuestrando. ¿Pero cuán poderoso creen ustedes que puede ser un simple gobernador de colonia?

—Efectivamente. Eso podría creerse, pero hemos sabido que es un hombre que además de protegido del rey de España tiene gran poder en su medio y dominio entre las gentes de aquella colonia. Dicen que es muy astuto y peligroso, con un historial negro en su pasado. No son solo dos de nuestros agentes-espías que se han perdido en esa colonia, hay otros de los cuales no tenemos noticias. Dicen que además de tener un sólido grupo de guardianes como centuriones, tiene a unos indios que se llaman mayas que le son tan leales y numerosos que prácticamente lo hacen infranqueable. Solo Dios sabe que ha pasado con nuestros agentes. Y no han podido hacer nada.

— ¿Qué quieren que haga nuestro gobierno español?

—Hemos decidido enviar al mejor averiguador y Jefe de Falange de seguridad encubierto con otro nombre, para neutralizar al peligroso Gobernador Alvarado.

—Y ese agente que ustedes tienen. ¿Habla español?

—Perfecto. Su madre era española. Ya está disponible y es el mejor.

—Excelente plan. Pronto saldrá una importante misión militar y civil inspectora de parte de mi Cancillería, le incorporaremos. Irá a dos o tres colonias de América. Pondremos a la de Alvarado primero.

Otra vez se le iluminaron los ojos al canciller español. —Bueno esto será como un favor entre dos países amigos, que naturalmente merecerá un especial reconocimiento de parte de su país hacia el mío. ¿Pero esta usted seguro que ese señor Alvarado es la clave para resolver su problema?

—Absolutamente seguros. Tenemos a otros agentes secretos allá esperando tener la oportunidad de llegar a nuestros perseguidos y talvez si ustedes los españoles no lo vieran difícil facilitarnos la manera de quitarles ese escudo protector, nuestro gobernador regente les estaría muy agradecido, habría incremento de mejores relaciones entre nuestros dos países además de considerables beneficios económicos futuros que compartiríamos.

— ¿Entonces también hay intereses económicos extras de por medio? Esto había escapado de mi conocimiento. ¿Y se podría saber de qué se trata?

—Es algo político de muy alto nivel entre el Reino de Holanda y la Dutch Republik, que no tengo conocimiento completo, y si lo tuviera no podría revelarlo, salvo cuando ya se hubiere cumplido nuestra misión de tener controlados a los sujetos objeto de nuestro trato.

—Créame señor Magermans que estaremos muy complacidos de cumplir con nuestra parte en el arreglo y felices de hacer un favor así a un país amigo. Le pondremos a sus perseguidos en el lugar adecuado y moveremos a ese Alvarado a donde les sea más fácil neutralizarlo sin importar como. Pero con la condición de que tanto nuestro rey y otros altos niveles del gobierno de mi país no estén o se den por enterados mientras esto se realiza.

—Entendido, de nuestra parte así se hará— respondió Magermans con una sonrisa de aprobación.

—Tenemos que coordinarnos en nuestras acciones.

— La amistad entre nuestros países vale mucho más que eso—concluyó el canciller, alzando la cabeza brillante con una expresión de incontenida felicidad.

—Brindemos por estos agradables momentos y la mejor relación entre nuestros países en estos baños que parecen purificar el cuerpo y alegrar el alma—dijo el holandés con una expresión sonriente.

—El reino de España nunca abandonaría a sus amigos, ni perdonaría a sus enemigos— dijo el canciller español con una metáfora de alegría mal disimulada antes de despedirse. —Cuente con nosotros, amigo.

— Al abordar su carruaje, el canciller exclamó muy emocionado —Ya te tenemos, maldito Alvarado.

— ¿Qué decía el señor? —dijo el cochero

—Que vamos a comer algo frito —exclamó con una gran sonrisa.

Capitulo 9

Las relaciones de los recién llegados con las autoridades y el pueblo no eran normales, como si ambos desearan ignorarse, pero en el fondo de todos había una especie de tensión bien disimulada. El movimiento de la ciudad de Santiago se incrementó y la gente siguió con sus rutinas habituales de vida. Nadie parecía encontrar nada extraño en la llegada de aquellas numerosas personas de España y de otros orígenes.

El marqués estuvo en varias entrevistas con el gobernador de la colonia; hablaron del problema de los barcos y del oro, pero aquello no pareció tener mayor importancia para el marqués. Se veía que no había otras intenciones más que una simple visita de parte de la misión que llegó, y que según decían lo mismo harían en las colonias vecinas.

Pero dentro de todo esto se notaba una cierta intención de ganarse la confianza de Don Pedro, hasta que llegó el momento en que el marqués, cambiando de tono le pidió abiertamente a Don Pedro que le entregara a los huéspedes holandeses que se sabía él los tenía bajo su protección, y Don Pedro tranquilamente le respondió que ellos temporalmente estaban haciendo un viaje que tardaría varias emanas, ya que el joven De Vries era zoólogo y andaba recolectando especies, pero cuando retornara seguramente aceptarían la invitación de regresar a su país, ya que desde hacía algún tiempo lo deseaban. Pero por de pronto, ignoraban exactamente donde se encontraban los viajeros que estaban usando una nave de Don Pedro para su viaje. El marqués le informó a Don Pedro que a las autoridades españolas les interesaba mucho el retorno de esos jóvenes a su país, ya que se había extendido allá la falsa noticia de que estaban secuestrados por los españoles en Guatemala, lo cual ahora se venía a confirmar que no era cierto, según le aseguró el Gobernador Alvarado, la máxima autoridad de la colonia.

—Yo solo estoy cumpliendo las órdenes de personas de alto rango en el gobierno, con la salvedad que me advirtieron que su Majestad el rey no tiene nada que ver con esto porque se trata de evitar que le vayan a molestar, ya que recién ha sido coronado. La familia holandesa que los reclama es muy influyente en la Dutch Republik, pero lo que más me preocupa es que han empezado a venir gentes de ese país para ayudar en la búsqueda de los jóvenes holandeses acompañados de un cierto número de gentes extrañas, que posiblemente son mercenarios, como según me han informado los militares españoles. De inmediato mandé a investigarlos, pero para sorpresa nuestra estaban bien documentados por la Cancillería de España para que se les permitiera cooperar en la búsqueda. Solo podremos pararlos unos pocos días, mientras nosotros actuamos. Esto parece algo irregular, pero no puedo dejar de cumplir las órdenes de España ya que les interesa incrementar sus relaciones con la Dutch Republik, en vista de que con otros países vecinos del norte se están deteriorando— Agregó el marqués —por estos motivos me urge cumplir con esta misión básica lo más pronto posible porque ya es un asunto de estado. Pero lo que me preocupa más, es que empezaron a venir más de esos extraños.

— Lo comprendo e intentaremos localizar a los holandeses lo más pronto posible. Es lo que puedo ofrecerle —le respondió Don Pedro. — Permítame un momento, hablaré con mi oficial de seguridad para que procure incrementar sus esfuerzos en esto—dijo dirigiéndose hasta donde estaba Don Pedro de Portocarrero cerca de la salida del salón, a quien en voz queda le dijo — es urgente que los trasladen a la Bocana que es lo más seguro.

—Sí, señor. Si los encuentran usted sabe, los desaparecerán. El marqués parece un inocente que no sabe mucho.

Lo siguiente fué el requerimiento del marqués a Don Pedro para confirmar su matrimonio con la distinguida dama que el rey Carlos Primero, entre sus órdenes antes de fallecer, le había designado como esposa, habiendo quedado como garante el poderoso Duque de Albuquerque, pariente de la nueva esposa. Para Don Pedro esa disposición seguramente era para que el siguiera teniendo la protección ante la demanda del Vaticano por el asunto del oro y los diezmos que se usaron como parte para construir los barcos. Había instrucciones que debían ser cumplidas en su memoria, y quedaron en hacerlo en los días siguientes según lo acordado por ambos.

En la boda hubo gente muy selecta y como de costumbre con el desplice de lujo y pompa como le agradaba al marqués. En el desfile pudo ver por primera vez a la novia que era una elegante dama de alta estatura, y cuando le dirigió la vista a Don Pedro el sintió un escalofrió al ver aquellos ojos grises con una mirada más o menos dura. Se realizó la ceremonia convencional en la principal iglesia, y al terminar la ceremonia, sin más Don Pedro tomó a su nueva esposa de la mano y la hizo caminar con él hasta la puerta de la iglesia donde estaba su carruaje esperándolo.

— ¿A dónde me trata de llevar? —exclamó ella, zafándose bruscamente de su mano, pero él entonces en ágil movimiento la cargó y subió al carruaje. —Pero que pasa? — reclamó ella mientras algunos espectadores aplaudían.

—Vamos a mi palacio—respondió él.

— ¿Porqué?

—A consumar el matrimonio

— ¡Ah, No! No quiero y déjeme en paz.

—Entonces me largo, y no me veras más.

—Espere un momento. Bueno, bueno iré con usted, pero solo una vez.

Don Pedro se quedó encerrado en su palacio con doña Beatriz durante ocho días.

HABIA PASADO EL MEDIODIA cuando Mia, cómodamente instalada en la playa de la Bocana, volteó a ver y con una gran sonrisa saludó agitando el brazo a Don Pedro que venía hacia ella.

—Creí que nunca llegarías Hanne –exclamó ella con aquella risueña expresión.

— Esto es lejano, pero es el sitio más seguro de nuestra colonia. Jamás los hallarán aquí.

—Y aquellos se largarán de la ciudad?

—Eso creo. Aunque ahora el marqués es quien debe de correrlos porque es un plenipotenciario y ahora manda en la capitanía.

— ¿Cómo? ¿Ya no eres el Gobernador?

— Si lo soy, esto es solo mientras él esté aquí. Es ley y costumbre.

Talvez tendré que ir a ayudarlo, pero estaré aquí varios días. ¿Quieres navegar amor?

—Amenaza lluvia. Mañana será mejor.

—Sabes Mia. Uno no puede elegir dónde, cuándo y cómo nacerá. Y para morir tampoco, pero sí tenemos toda una vida para poder elegir con quien vivir.

–Y a qué viene todo esto Hanne? —Respondió Mia, sorprendida por esta charla un poco filosófica que Don Pedro no acostumbraba.

—Porque talvez sirva para que nos conozcamos mejor—respondió.

En mi caso he tenido tres matrimonios y en ninguno elegí. Primero, mis padres, para poder adquirir la granja vecina que siempre la habían deseado, decidieron por mí. Yo era muy joven y en un matrimonio arreglado me casaron con la hija de la vecina. Fué un fracaso. En España en aquellos tiempos cuando tenían varios hijos o hijas, aparte de las bodas arregladas, para ellos solo se podía aspirar al seminario, al convento o a la milicia. Yo me fui a la milicia.

—Esto tampoco lo sabía, como no sé de ti tanto más. Pero ansió por saberlo.

—Mis dos matrimonios últimos los decidió el rey de España sin yo saberlo, ni siquiera antes de conocer a las futuras esposas. El rey tenía que protegerme de una acusación del Vaticano que me hubiera impedido a mí y al rey hacer los barcos de la flota que ahora ves surcando el Océano Pacifico.

— Agradezco que por primera vez estas abriendo tu alma conmigo. Pero insisto. ¿A qué viene todo esto?

—A que quiero decirte algo, algo muy importante en toda una vida que me ha llevado por rutas a veces al garete, sin que mi verdadero yo lo decida, pero ahora sí creo estar encontrando el valor para poder elegir sin que nadie lo haga por mí. ¿Quieres casarte conmigo?

—Pero Hanne, estás casado.

—Por el rey estoy casado, y me metieron a la nobleza para salvarme de la demanda que me puso el Papa en España, y ambos están muertos.

—Y tus votos matrimoniales con doña Beatriz?

—Créeme que ningún rayo desde nuestro hermoso cielo me va a fulminar. Ella tiene su vida y yo la mía. Como te dije, yo nunca le pedí a ninguna mujer un matrimonio.

—No has pensado que los que están en España pueden hacerte más daño del que ya te hicieron? Si lo deseas Hanne, podemos seguir como estamos. ¡No me importa y siempre te amaré!

—Pero tú eres lo más importante de mi vida, y quiero tenerte toda.

—Bueno las cosas llegan cuando menos se esperan. Mira como estamos, sucios mojados y golpeados, pero en realidad eso no importa. ¿Te gusto así para pedirme algo tan importante? Déjame pensar...siento que yo también debo hacerlo, elegir y como dices, es a lo que se tiene derecho. Si, amor mío...yo también voy a elegir. Acepto casarme contigo, pero...

— ¿Algún obstáculo?

—Espero ser tu primera y última elección.

—¡Eso solo Dios podría cambiarlo! Yo, Pedro de Alvarado, el hacedor de barcos, lo prometo con toda el alma— exclamó el Capitán General, pero esa promesa nadie podía saber si se cumpliría conociendo la versatilidad de aquel hombre.

— ¡Allora...siamo i promessi sposi! —Gritó Mia con toda el alma en la lengua más romántica y dulce del mundo, y fué lo último que pudo decir, antes de que llegaran las lanchas de rescate a la playa donde estaban refugiados después de la terrible tormenta que los atrapó durante aquel paseo en medio del rio, y que los arrastró hasta el mar con los pedazos de la lancha destruida. Aquel paseo casi les llevó al final de la vida a estos dos amantes.

Capitulo 10

La Bocana era la desembocadura de un caudaloso rio que llegaba a una amplia y hermosa playa de arena muy blanca fina y rara en zonas del Océano Pacífico, en contraste con la arena grisácea de la mayor parte de otras playas resultado de las erupciones ocasionales de los varios volcanes que abundaban en ese territorio. Llegar a ese lugar por tierra era casi imposible y a veces se había intentado con gran riesgo debido a los profundos precipicios, alturas con bruma permanente y superficies resbalosas y húmedas. Era un nudo de montañas donde la Sierra Madre se fondea con otras dos cadenas de montañas que venían de diferentes direcciones. Entre todo este maremágnum de escabrosidades se desplazaba aquel caudaloso rio no navegable por los grandes saltos de agua y cataratas que había en su trayecto.

Naturalmente, para los que andaban explorando en la búsqueda de los jóvenes holandeses hubiera sido imposible arribar allí por tierra. Pero Don Pedro si podía hacerlo porque tenía barcos con lanchas y entraban por el mar. Allí Don Pedro tenía dos casas construidas que usaba ocasionalmente para descanso. En esos seguros refugios estaban fuera del alcance de sus perseguidores Mia, la esposa de Don Pedro y Jan su hermano acompañados de algunos escoltas y personal femenino de servicio. Ellos disfrutaban de aquellas esplendorosas playas, sin miedo del futuro porque Mia sabía que su marido siempre la protegería, aunque el camino estuviera colmado de peligros.

Don Pedro retornó a la ciudad, pero estaba molesto y en guardia por la presencia de aquellos invasores que habían venido de España con militares y oh, sorpresa, mercenarios de varios orígenes que fueron llegando con los de la Dutchland por grupos hasta completar más o menos trescientos. Con ese instinto natural que le permitía presentir el peligro, lo que más le había preocupado y sorprendido a Don Pedro era la llegada de los mercenarios, que en Europa si se acostumbraba contratar, pero en las colonias españolas no se sabía de algún caso similar. Y el Gobernador Alvarado no estaba equivocado ya que pronto empezaron a surgir los problemas. Por lo regular los mercenarios dentro de sus beneficios acostumbrados en los lugares donde desempeñaban sus acciones consideraban por derecho que una ciudad ocupada podía ser para ellos un botín. El marqués, con ayuda de los militares que eran un grupo poco numeroso tuvo mucha dificultad para poder controlarlos al principio.

Por otro lado, además de la búsqueda de los holandeses, que era el primer objetivo que le habían asignado al marqués, la segunda obligación era muy incómoda ya que le habían ordenado intervenir el gobierno de la Colonia y por supuesto anular cualquier autoridad del Capitán General y Gobernador. Acertadamente el marqués, preocupado por la llegada de aquellas belicosas gentes que según las órdenes recibidas deberían ser menos numerosos y someterse al comando de los militares, esa chusma por disposiciones superiores se fué incrementando con varias naves que llegaron al Atlántico procedentes de las islas del Caribe y no aceptaban respetar el orden imperante en la colonia.

El marqués, preocupado y talvez asustado, optó por no precipitarse en ordenar la destitución del Gobernador y disolución del gobierno de la colonia, así como a la urgente búsqueda de los holandeses, como le habían ordenado.

El marqués ya había conocido al jefe de la colonia, a quien personalmente le había arreglado su casamiento con doña Beatriz, y le había parecido una personalidad inteligente y digno de confianza además él era el mayor conocedor del medio. En vez de defenestrarlo decidió pedirle ayuda y consejo. Al día siguiente el Gobernador y el marqués estaban reunidos otra vez.

—Estoy de acuerdo en ayudar en lo posible para talvez poder controlar esta situación—le dijo Don Pedro — y veo que le asignaron a usted una misión casi desesperada y terriblemente conflictiva sin informárselo a fondo. Solo quiero saber algo que le preguntaré con la misma confianza. ¿Por caso le encargaron a usted que me destituyera? —Preguntó el Gobernador Alvarado.

—Sí, señor— respondió el marqués.—Estoy sintiendo que mi autoridad sobre esta gente, incluso los generales que me acompañan, se está debilitando. Estoy empezando a experimentar cierto miedo por lo que puede pasar en un futuro ya próximo, Para mi usted es un líder eficiente y necesito su ayuda.

—Le creo, y hay que hacer algo. Lo primero que haré será darle ahora toda la información del gran problema en que lo han metido. Es algo con política, grandes intereses económicos, conspiraciones de por medio, y hasta han habido muertes y asesinatos relacionados con la desaparición y búsqueda de los dos jóvenes holandeses, y los que tratan de encontrarlos no lo hacen para salvarlos sino para anularlos, desaparecerlos o hasta matarlos y ya le explicaré. Pero eso no lo permitiré, cueste lo que cueste. La joven holandesa llamada Mia es mi verdadera esposa.

— ¡Oh! Ya me lo habían dicho, pero no lo había creído. ¿Entonces su boda con doña Beatriz?

—Por favor, cállese y escuche sin interrumpirme, para que pasemos a lo más importante porque posiblemente están en juego nuestras propias vidas, y más pronto la suya si trasciende algo de lo que le voy a referir.

Y procedió Don Pedro a referirle todo lo que había acaecido entre los holandeses del reino de Holanda y los de la Dutch Republik, uno de los Estados de la Federación del Reino.

—Después de enumerarle todo lo de las intrigas, conspiraciones y la lucha por un poder económico y político en litigio, el drama en que esto ha derivado, ahora le referiré además algo que puede ser como una bomba. Con todo lo que le he participado me he preguntado, ¿Porqué algunas autoridades españolas se han involucrado con los de la Dutch Republik en una cosa que apesta, y que puede tener trascendencia entre las relaciones internacionales negativas para España. Si esto no se detiene, ese país cargará con grandes culpas. No lo entiendo ni sé por qué, pero estoy seguro que en los altos niveles del gobierno español hay traidores que están manejando esto abusivamente, sabe Dios con qué intereses y con desconocimiento del rey y la Corte que están ocupados con otros problemas mayores que ahora tiene el Imperio por su gran crecimiento.

—Por favor Gobernador, deme un trago fuerte, casi estoy al borde de un colapso con lo que me ha dicho. Déjeme pensar un momento, mientras me tranquilizo.

Estuvo cavilando con la cabeza entre las manos, hasta que pareció reaccionar de aquel shock y dijo — me eduqué y crecí al lado del rey, y él jamás hubiera aceptado participar en esto. Es un hombre sano e inteligente. Estoy conmocionado, pero no se me ocurre qué hacer en una situación tan difícil y con enemigos enquistados dentro del gobierno mismo de España y de mi propio grupo social y político.

—Efectivamente, excelencia. Hay que actuar con cautela, pero pronto. Usted deje a los militares aquí a cargo de todos estos patanes mercenarios y de inmediato parta para España, le hará un gran favor a su majestad y a la nación. Hay dos naves pequeñas disponibles en la costa atlántica.

—Por favor, ayúdeme con una escolta de confianza, y mañana mismo partiré para la Habana donde hay servicios más frecuentes de transporte para España. Y como ya me he enterado la clase de persona veraz, inteligente y valeroso que es usted, estoy seguro que sus opiniones son totalmente válidas. Ya sospechaba algo de esta misión relativamente inesperada y absurda que me encomendaron los cancilleres. Era algo raro. Lo presentía. Ahora mismo nos despediremos, con las bendiciones de Dios para que podamos cumplir nuestra misión. Yo no puedo contar con mis generales que se quedarán a cargo para darle protección a usted, de tal modo, Capitán Alvarado, que por su cuenta tiene que cuidarse. Tenía informaciones de que era posible que alguien dentro de mi propio grupo viniera comisionado para neutralizarlo a usted, pero no lo creí.

—Gracias por decírmelo, pero ya he tomado precauciones. Tengo mi barco equipado, armado y anclado a media legua de la costa, y esta misma noche me vendrán a recoger, y de mis hombres que vengan le asignaré la escolta para partir mañana.

—Gracias y vaya con Dios, Capitán.

No pasaron unos cuantos días para que los de la Dutch Republik, que eran unos pocos, se empezaron a largar porque no podían controlar a los mercenarios que habían aumentado en número con gentes que venían de la costa atlántica. Ya tenían líderes, y naturalmente cosa seguida capturaron a los tres o cuatro militares de alta graduación y los encarcelaron. Varios oficiales jóvenes que se resistieron con su reducida tropa estaban dispersos y algunos de los capturados habían sido ejecutados por los mercenarios.

Retirarse a su galeón para Don Pedro no era humillación, era su barco insignia. Algunos de sus partidarios y amigos iban llegando para escapar de los extraños invasores. Entre los que arribaron estaba un jefe del pelotón de arcabuces de apellido Lorenzo, quien informó al Gobernador que un teniente de apellido Dubois, corriendo gran riesgo le había rescatado de la cárcel donde los mercenarios lo tenían detenido, e informó que dos militares más habían muerto al intentarlo. El Capitán Alvarado felicitó al teniente Dubois. Por él pudo saber también que aquellos intrusos estaban haciendo este trabajo por recompensas, pero ante la desesperación de no cumplir con su misión y no poder cobrar porque los de la Dutch se habían marchado, se estaban dedicando al saqueo y abusos de todo género en contra de los habitantes de la colonia, quienes ya estaban huyendo desesperadamente,

Varios días después de estar a bordo esperando poder rescatar a quienes les fuera posible llegar al barco, se enteraron que la noche anterior habían quemado varios de los barcos que estaban en construcción en los diques, pero también que catorce de las naves de su pequeña flota varios días antes habían salido al mar y nadie sabía dónde estaban, solo Don Pedro. También le informaron que la mayoría de sus funcionarios y empleados del gobierno habían logrado huir a tiempo. Don Pedro pocas veces se equivocaba en sus juicios. El ya sabía que capturarlo y ejecutarlo era ya una orden que tenían de los de Dutch, lo cual le confirmó el teniente Dubois que se había enterado, y así Don Pedro renovó su confianza en ese joven oficial

Los mercenarios, desesperados por no haber podido cobrar, pensaron en el tesoro de la ciudad que seguramente estaba en el barco y que podría recompénsales, e intentaron con un numeroso grupo de lanchas atacar al galeón aprovechando la oscuridad de la noche. Intentaron abordarlo y capturarlo, pero cometieron el error de traer algunas antorchas. Los tripulantes de la nave lo supieron con antelación y los rugidos de solo dos de los seis cañones del galeón bastaron para dar cuenta de numerosas lanchas y pequeñas embarcaciones de los atacantes que quedaron flotando en las aguas tropicales de esa costa.

Algunos sobrevivientes trataban de salvarse y otros estaban flotando boca arriba como pescados muertos en el agua. Después de otra intentona de día con más lanchas, hubo que habilitar de nuevo los cañones, y sucedió lo mismo. Fueron rechazados con menos victimas porque ya no se atrevieron a acercarse más al galeón. Luego algunos líderes de los mercenarios con bandera blanca mandaron mensajeros cerca del barco. Don Pedro aceptó hablar con algunos de ellos, quienes manifestaron que deseaban hacer una oferta para abandonar la ciudad ya que las turbas reclamaban por lo menos como botín aquel tesoro de la ciudad que ellos suponían estaba a bordo, y que serviría por lo menos para aplacar a los exaltados que no habían podido cobrar. Don Pedro sintió que la voz de aquel negociador de los mercenarios invasores le parecía conocida y ordenó al capitán de su barco que antes de responderles le dijeran quien era ese negociador.

Y el hombre de la lancha, después de tomarse algún tiempo, por fin respondió con voz temblorosa.

—Soy Montes de Oca, un antiguo jefe de la guardia y leal servidor y amigo de Don Pedro de Alvarado el Gobernador.

—No lo recuerdo

—Yo fui quien fué a le rescatarle el oro de la mina del Cerro Azul, señor.

—Dice el Gobernador Alvarado que si lo recuerda, y que les pague a sus amigos mercenarios con ese oro que se llevó.

—No lo tengo. Me lo quitaron unos soldados de Cortés. Luego supe que huyeron. ¡Por piedad ayúdeme!

Los emisarios desde dos lanchas y a gritos ofrecían devolverles la ciudad y marcharse, si les daban ese oro de la ciudad para repartirlo entre los enfurecidos atacantes. En el galeón supieron desde el principio que sería imposible hacer trato alguno con una turba incontrolable. El galeón respondió a la propuesta con dos cañonazos. Levó anclas, izó velas y se largó.

AHORA SOLO EL TIEMPO resolvería todo lo que quedó atrás en aquella ciudad casi vacía de sus habitantes, pero imposible de rescatar sin contar con lo necesario en guardias y los medios, solo podría hacerse con la fuerza y en un futuro. Esto, aunque fuera tardío y triste, había que aceptarlo ya que las distancias eran inmensas y los viajes y comunicaciones largas y lentas para esperar cualquier ayuda.

Cuando a España llegó la información que llevaba el marqués no le dieron mayor importancia porque el gobierno español estaba inmerso en terminar con una rebelión en sus colonias de África y algunos problemas en Europa. Un par de años más tarde las fuerazas del imperio español acudieron a apagar aquella otra extraña invasión en la lejana colonia de Centroamérica. El marqués venía en una de las naves de guerra a limpiar su nombre, castigar a los intrusos y rescatar a la más ilustre prisionera doña Beatriz de la Cueva, quien se había salvado escondiéndose en las catacumbas de los conventos con las monjas. Doña Beatriz fue confirmada como la gobernadora de la colonia ya reconquistada.

AL ENCONTRARSE CON LA pequeña flota, Don Pedro ya tuvo tiempo para hacer un análisis de la situación desconcertante y hasta absurda que se había estado viviendo recientemente,

Dicho análisis le serviría para tomar sus decisiones futuras. Aparentemente, unos cuantos corruptos funcionarios de alto nivel en la Dutch Republik y España, coludidos pudieron hacer lo que parecía increíble. Llevaron todo un diminuto ejército hasta una pequeña colonia en Centroamérica, desarticularon al gobierno constituido, persiguieron a sus funcionarios y los encarcelaron, esto aparentemente sin una anuencia o intervención comprobadas y a espaldas de sus majestades o del estado como nación, porque estaban ocupados en situaciones más importantes.

Es algo totalmente fuera de cualquier lógica política y solo podría haber sido una manipulación de parte de gente experimentada y poderosa dentro de los gobiernos tanto de la Dutch Republik como de España, aprovechando en este segundo país la llegada del nuevo rey quien todavía no estaría bien imbuido de los asuntos de las colonias.

Varios vicegobernadores de las colonias dependientes de la Capitanía General de Santiago de los Caballeros de Guatemala le propusieron a Don Pedro unirse a ellos como líder para formar un bloque y presentar un rechazo al gobierno español ante una serie de exigencias talvez justas, pero por ahora absurdas.

Obviamente una cosa de tal magnitud consistía en enfrentarse al estado español con todo su poderío completo y no habían considerado que ese país era entonces el más rico y poderoso con múltiples alianzas y una base económica principal ligada a sus colonias. Antes de dar una respuesta, Don Pedro se dijo a si mismo que sería la cosa más idiota de su vida, y se los hizo saber a los vicegobernadores, aconsejándoles que renunciaran a tan peligrosa intentona y siguieran en sus posiciones, ya que los ataques eran exclusivamente dirigidos en contra de él, y sabría cómo afrontarlos.

Por de pronto, que olvidaran cualquier otra acción peligrosa en ese sentido. Pero les ordenó algo que sería muy valioso y salvaría vidas, ayudando a todas las familias prófugas de Santiago de Guatemala, ya que esa ciudad estaba siendo ocupada y saqueada por los mercenarios invasores y la chusma que se les unió, por lo cual la mayor parte de sus habitantes estaban escapando hacia las colonias dependientes de Santiago.

—Les he mandado emisarios con parte del tesoro de nuestra ciudad y parte del nuestro para que ellos en sus colonias puedan cubrir las necesidades de esa pobre gente. Como es bien sabido la mayor parte de nuestros habitantes estaban dedicados a trabajar en los campos y la industria y había muy poca gente capacitada para una defensa efectiva de tal magnitud, ya que jamás pensamos en un problema como el presente. Pero la gran invasión que de sorpresa nos llegó de Europa, no podía ser enfrentada con la absurda idea de una heroicidad mal interpretada, la historia estaba llena de ese tipo de movimientos que solo producían dolor y sangre a sus pueblos, y ahora nos tocó a nosotros. Para Don Pedro, de una mentalidad realística y acostumbrado a triunfar, chocaba con pasar a formar parte de los héroes que se sacrifican en acciones talvez respetables, pero a veces absurdas solo para satisfacción del orgullo y la historia.

Alvarado pensó, *algunos piensan y creen que Dios castigará a los malos, pero yo creo que uno mismo o los afectados deben realizar el trabajo*—y ese era su estilo.

—Pero nunca hay que ponerse uno en contra de mil de nada, sabiendo de antemano que se va a perder. Si se tenía enemigos jurados y más poderosos, la manera de enfrentarlos era llegar hasta sus cabezas, aunque eso llevara mucho tiempo y para eso tienes la memoria del agredido, con el dolor de tu lado para recordártelo, porque los ofensores hasta se olvidan de sus crímenes.

El tiempo que se necesitara no importaba ni la distancia que los separara por lejos que estuvieran y poderosos que fueran, con paciencia se les alcanzaría, pero no era el momento de sacrificarse heroicamente ante sus mercenarios. Pero para lograrlo había que saber mantener viva la memoria e intención. ¿Acaso no lo hizo Don Pedro construyendo barcos en un océano desconocido y viajando hasta el Perú para empezar a cobrarlas? Todo esto se le vino a la mente como una marejada de racionalización, por la excitación del momento.

Ya más tranquilo con una decisión tomada, se dirigió a sus oficiales para comunicarles que tres de los barcos serian vendidos en México, donde los necesitaban para llevar los insumos, semillas, ganado, armas, caballos y demás para sus misiones que estaban estableciéndose en las tierras del norte, y sin aprovechar las ventajas que podrían brindarles los barcos en el mar, y ellos recibirían el oro de las ventas de esas dos naves

— Los españoles y sus descendientes en México lo hacían caminando largas distancias por desiertos inhóspitos y montañas escabrosas con el hostigamiento de los indígenas locales. Será nuestra primera etapa de un largo viaje — agregó —mi destino y el de los que me sigan está escrito. Nosotros estamos ahora sin patria y pronto navegaremos para tenerla de nuevo. Allá se les compensará debidamente a todos nuestros leales colaboradores que nos acompañen, y que naturalmente compartirán tanto los riesgos a los que nos enfrentemos, así como los beneficios futuros que obtengamos. Lamento que el oficial Cabeza de Vaca no podrá acompañarnos porque ha decidido permanecer en México, dedicado a cultivar un producto cuyas semillas le obsequiaron en Perú. Se llama tabaco y se usa para fumarlo. Dice que hay mucha demanda en Europa, pero es un gran riesgo porque en América los gobiernos españoles penan con la muerte a quienes comercializan las semillas de este producto.

Los barcos fueron construídos también con otro objetivo, el de ir al Oriente para abrir el comercio con aquel lado del mundo. Como los grandes navegantes, atravesaremos el Gran Océano Pacífico hasta las islas de la Especiería. Llegaremos a la Polinesia y luego a Holanda, y abriremos al mundo la ruta que ya habremos recorrido.

—Estoy segura que todo irá bien—dijo Mia, la esposa del Capitán Alvarado, en este decisivo momento —tú siempre logras lo que te propones, y allá a donde vamos tendremos muchos apoyos y realizaciones que sí te reconocerán por tu inmensa fortaleza y creatividad, y por lo cual uno de los más grandes líderes de Europa te ha honrado con el título de *Adelantado*.

—Felizmente Mia, y a veces el destino te premia y sin saber ni cómo—respondió Don Pedro.

— ¿Con qué contamos, Capitán—le preguntó Don Pedro?

—Son once los barcos perfectamente equipados y en las mejores condiciones, se venderán algunos como karraks y carabelas en México porque tienen mucha demanda, y como usted ha dicho, los necesitan para conquistar el norte, y nosotros necesitamos el oro que pagarán. Nosotros, que con usted mismo estuvimos apoyando ideas que tenían los vascos para hacerlos verdaderas naves resistentes para la mar gruesa y con dispositivos originales para la defensa desde el mar, ya estamos listos y solos en este vasto océano, porque pronto esto será poblado por toda clase de gentes inclusive peligrosas y de aventura tanto en la tierra como en el mar, y que vendrán de otros lugares aprovechando lo que nosotros hemos abierto.

—Tres barcos están reforzados con madera guayacán y otras que son tan duras y resistentes casi como el hierro y varios cañones de los cuales cuatro son regulares y los otros dos equipados con un sistema especial de artillería. Estos cañones están diseñados con proyectiles acoplados por gruesas cadenas en parejas y diseñados principalmente para derribar mástiles y dañar todo lo que esté en su trayectoria. Se tuvo que hacer un entrenamiento intenso con los artilleros para poder sincronizar los disparos de esta nueva arma, pero están listos. Dos barcos más tipo galeón o Nao con seis cañones cada uno, otro barco con lanzaderas de jabalinas incendiarias etc. Ya la verá en acción. El *Vendetta*, su barco especialmente fabricado con menos peso que los demás, pero de casco reforzado y amplio velamen para más velocidad y que está por regresar. Recuerde que usted se lo prestó al holandés para que incursionara por el sureste en busca de ejemplares de fauna para su colección. Bracamonte, quien es el capitán, tiene experiencia porque ha cruzado más veces el Atlántico y es muy experimentado. Ya debe de estar a corta distancia de aquí.

Lo primero que hizo el Capitán Bracamonte al llegar fué informarle a Don Pedro que algunos pocos oficiales de los que llegaron de España increíblemente se habían aliado con los de la Dutch Republik para buscar y tratar de localizar a los dos hermanos holandeses. Habían puesto una gruesa recompensa en oro a quien informara o ayudara a capturarlos.

—Esto es intrigante, pero aunque es algo que creemos que ya no puede dañarnos, no debemos ser demasiado optimistas—expresó el Capitán Mountainviu —no sabemos lo que podemos encontrar más adelante. Los brazos de nuestros rivales son muy largos. De todos modos, vale prevenirnos. ¿Lo que no pude comprender es porqué algunos de los españoles se estaban involucrando en esto, y del lado equivocado? Salvo que estén obedeciendo órdenes superiores. ¿Y de quién? Porque no puede ser del rey. El jamás se ocuparía de un caso ajeno y sucio como este. Por lo que se puede pensar que sea otra conspiración de los enemigos de Don Pedro, nuestro Capitán General. Pero porqué aliarse con los de la Dutch en la búsqueda del holandés. Talvez más adelante lo sabremos

Intervino Jan—lo que dice el Capitán es cierto. Se ve que aquí se aliaron dos enemigos confabulados para anular al Capitán Alvarado por algún motivo, e impedir nuestra llegada al juicio testamentario en Holanda a cualquier precio. Me apena que le hallamos incluido sin querer en nuestro problema.

— No lo tome así, Jan—dijo Don Pedro—ya que todo eso ha unido también nuestras defensas y sellado nuestras lealtades. Mi esposa Mia vale más que mi vida misma. Las crisis unen más y se tornan en fortaleza para los justos.

Mia, quien estaba presente en ese encuentro, expresó que estaba feliz de estar reunida con sus seres queridos, con la fortaleza y guía de su marido, el hombre de su vida, y que pronto encontrarían el camino para la realización de algo que solo parecía un sueño, para bien de ellos y de los valientes que vendrán.

—Por favor hermana—agregó Jan—confirma una vez más ante los valientes capitanes de las naves quienes acaban de abordar nuestro barco. Cuál será el objetivo final para alcanzar en esta gran aventura. Estamos por partir, y creo tienen el derecho todavía de exponer sus inquietudes.

—Nuestro destino final será Holanda como dijo mi esposo, y nuestros valientes tripulantes estarán conscientes y felices de conocer un mundo nuevo. Allá tendremos amigos que nos ayudarán y será la manera en que nuestros enemigos pasarán a las sombras porque pagarán con creces por sus crímenes—expresó ella con una voz que transmitía seguridad.

El Capitán Mountainviu agregó con sonriente expresión—no cabe duda que cuando las mujeres odian, lo hacen mejor que los hombres—y todos rieron. Y continuó.

—Todas las tripulaciones están ya enteradas de lo que preguntó Jan. Antes de abordar ahora mismo yo me había adelantado. Todos ellos me han expresado su decisión de compartir con nosotros este viaje. Ellos son marinos y el mar es su jardín donde han crecido. Hemos construido está orgullosa y flamante flota de naves listas para cruzar el medio mundo y situar a la dignísima esposa de Don Pedro y su hermano en el reino donde los necesitan.

Don Pedro, con expresión de orgullo contenido respondió con pausada voz.

—Agradezco a todos mis oficiales, marinos, técnicos y valientes personas que compartirán este largo y riesgoso recorrido por este amplio y desconocido pedazo del mundo, que llevemos este mensaje de América a los lejanos países del oriente y luego a Europa con mis reconocimientos a quienes valientemente compartirán las glorias que logremos en un futuro. Desde la Polinesia iremos a Holanda por la ruta que Dios nos ha señalado.

Y LA PEQUEÑA FLOTA de siete barcos con sus tripulaciones completas partieron hacia el Oriente.

Pero fuera del Capitán Mountainviu, nadie imaginaba los avatares que presenta desafiar un inmenso mar colmado de tormentas, corrientes poderosas que desviaban los bajeles, islas con acantilados y arrecifes, algunas desiertas y otras pobladas de peligros, y más adelante piratas en grandes juncos chinos expertos en aborsajes que les hizo necesario varias veces usar toda su artilleria pesada y liviana para defenderse. Providencialmente, el orgullo de los constructores vascos fué de gran ventaja para poder maniobrar con gran facilidad los veloces y solidos barcos que les permitió salvar muchos peligros, con la pérdida de solo una de las siete naves que se hundió al escollar cerca de una isla, lo cual les llevó varios días para rescatar a los sobrevivientes no solo del peligroso mar sino de una isla poblada por antropófagos, y luego sacarlos con gran dificultad y tristemente con algunas bajas entre la tripulación.

Cabe mencionar que aparte de la alta calidad de materiales usados en la construcción de las naves, también había otros elementos favorables por la experiencia de tripulantes provenientes de diversos lugares y que les permitieron mantener la integridad funcional de los barcos, así como las mejores condiciones de vida para las tripulaciones. Tal era el caso que en vez de llevar solo carnes saladas como acostumbraban la mayor parte de otras naves, ellos llevaban ganado vivo para el consumo, así mismo en conpartimientos adecuados para frutas y algunos vegetales escogidos entre los más resistentes que así se conservaban por más tiempo, mientras llegaban a las primeras islas donde podían reproveerse. Ellos mismos no se explicaban por qué esto les mantenía en buena salud, ya que eran nada más que producto de la tradición, o costumbres de muchos años de los navegantes de la costa occidental de España usada para viajes largos.

Después de un largo tiempo de viaje, y varios problemas que debieron irse afrontando de la mejor manera posible, ya que entre las tripulaciones venían gentes que habían participado en la construcción de las naves, así cono navegantes de gran experiencia en mares peligrosos, se encontraron avanzando a través de un mar plagado por una gran cantidad de intensas tormentas, vientos huracanados y más adelante islas que hacían difícil navegar por los vientos caprichosos y las profundidades engañosas que no les permitían aburrirse.

Así, por fin lograron arribar a una hermosa isla de la Polinesia llamada *Luisiada,* que estaba habitada por portugueses desde hacía varios años, y era tan sorprendente aquello que en medio de esos remotos confines hubiera instalaciones y servicios para avituallar barcos de alimentos, agua y hasta reparaciones ocasionales.

La pequeña flota que fue recibida con atenciones, además de la hospitalidad de sus habitantes anunciada por el Capitán Mountaiviu, quien ya en alguna vez había conocido el lugar cuando era muy joven durante una exploración, ahora estaba muy cambiado por la presencia de los europeos que ya se aventuraban por aquellos mares útiles con el comercio. Las playas eran hermosas, la vegetación verde, exuberante y con varias radas que funcionaban como lugares de recale para los barcos en diversos sectores de la isla.

Por recomendación de Moutainviu se fueron a amarrar en la zona menos visible y más lejana. Al ir al pueblo, para sorpresa de ellos, se encontraron con un par de naves de las compañías holandesas y se enteraron que también algunas eran de la empresa Dutch line. Lo cual les causó cierta preocupación y decidieron ser muy cautelosos, pero tratarían de averiguar si era algo que tenía que ver con ellos. Era la extremosa y rara cautela de Don Pedro, que le había permitido muchas veces sobrevivir ante el peligro.

El capitán de uno de los barcos holandeses comerciales, en un bar contactó al Mountainviu con quien compartió información sobre la navegación por toda esa zona llena de peligros, principalmente que ahora estaban en temporada de tifones.

El recién conocido capitán de barco le interrogó diciendo que sus barcos no parecían portugueses, pero principalmente se interesó mucho por saber quiénes eran ellos, y Mountainviu les mintió diciéndoles que los barcos eran portugueses comprados a España.

Pero el holandés insistió tanto en indagar quienes eran ellos que Mountaiviu tuvo que poner pretextos para tomarse algún tiempo, y lo que se le ocurrió fue decirle que tenía noticias de un fuerte ciclón que venía en su ruta y por ahora no podrían partir como era su itinerario, y que en dos días le invitaba a él y dos de sus oficiales a comer una buena cocina portuguesa. Aquel hombre ya un poco más confiado aceptó. Era un personaje gordo con expresión de alguien a quien una buena comida le desarma, y se puso más amable.

— ¿Están en la rada de Tala Mano, es así?

Correcto. Allá lo esperamos a las cuatro con un buen jerez. Caray, que bien informado estaba este señor—exclamó para sí mismo al salir del bar.

Esa misma tarde estaban Don Pedro y sus principales, Mointainviu, Ian De Vries y tres más de sus oficiales de la flota reunidos en el salón del *Vendetta* con cierta tensión en el ambiente.

—Entonces, Capitán Mountain. ¿Ese curioso capitán posiblemente de la Dutch estuvo muy insistente en su indagación?

—No, parecía un simple curioso. Por de pronto me ha causado desconfianza. Hay que evaluar bien esto. Según la situación actual con el problema de los De Vries ¿sería posible que hasta aquí llegara el brazo de la Dutch Republik para evitar la llegada de ellos a Holanda?

—Más que posible debe de ser real, dijo Don Pedro. Es algo tan importante que puede causar problemas no solo en el Reino de Holanda, sino también en otros países y grandes empresas comerciales de Europa. Pero hay más información que nos puede servir para tomar una decisión. Por favor Jan, explícanos lo que averiguaste con aquellas gentes a quienes les gustó el oro que les diste de regalo.

—Fué en mi visita al comisionado inglés encargado de la pequeña flota comercial que ellos operan al sur, hacia un lugar llamado Australia. Los ingleses son veraces y muy informados y creo que me soltaron algo muy valioso. No se llevan bien con los holandeses, es por competencia política y comercial en la zona, y supongo que principalmente con los de la Dutch Republik.

—Resume por favor no tenemos mucho tiempo.

—Si, señor.

—Desde hace cierto tiempo los de la Dutch Marítima están indagando sobre qué barcos arriban, y lo hacen con espías – agregó Jan.

—Los ingleses son muy hábiles en desinformar— dijo con cólera el teniente Dubois, quien se unió a la expedición y se ganó la confianza del Capitán Alvarado al salvar de la prisión y la muerte al jefe de arcabuceros españoles a quien los de la Dutch y los mercenarios iban a ejecutar en Guatemala, y fué una sorpresa para Don Pedro oírlo opinar tan negativamente.

— ¿Que pasó, teniente, no confía en los ingleses?

—Disculpe señor. Creo que me equivoqué.

—Acepto su disculpa teniente Dubois, pero esta junta es solo para capitanes—dijo el Capitán Alvarado—y por favor retírese.

—Dubois respondió. —Sí, señor, disculpe—y salió del salón.

—Hay que cuidarse de él, le dijo Don Pedro al Capitán Mountainvieu, jefe de la flota. Una vez más hizo caso a su intuición.

— Jan siguió explicando.

—Los de la Dutch tienen buenas relaciones y amigos entre los piratas, que con sus juncos viven como aves de rapiña cubriendo casi todas las rutas entre las islas, y según el inglés últimamente han activado su vigilancia—dijo Jan—posiblemente tienen alguna misión con buen pago por encontrarnos.

— ¿Qué opina Don Pedro con toda esta información? — Preguntó Jan—insisto, los ingleses son veraces.

Don Pedro como de costumbre, se levantó de su silla, vió hacia el mar un poco agitado, contrario a su calmada voz y dijo —Si nos descubren aquí estaríamos perdidos, pues son sus terrenos, y sabe Dios como nos iría. Nos vamos hoy mismo. No hemos venido a dejar nuestro destino en el rincón más lejano del mundo.

La pequeña flota apagó todas las lámparas que la iluminaban y cautelosamente fueron saliendo hacia el mar en dirección de Batavia, donde Jan dijo que tendrían la protección de su gente y del tío Nathan, quien era el hombre poderoso en aquel lugar donde dominaban las autoridades del Reino de Holanda.

El Capitán Mountainviu y Don Pedro decidieron ir en barcos diferentes, Don Pedro en el *Santiago* que era el de mayor tamaño y envergadura similar a un galeón pero que permitía mejor maniobrabilidad, además de que era el más dotado de armamentos porque llevaba los mejores cañones incluyendo aquellos acoplados con cadenas y las jabalinas incendiarias impulsadas como cohetes.

Se colocaron en la retaguardia para proteger a los demás. Jan y Mia, la esposa de Don Pedro quería embarcarse en el galeón con su esposo y aunque ella insistió mucho su esposo no se lo permitió porque su barco sería el más expuesto cubriendo la retaguardia.

Los designó a ella y a Jan irse en el *Vendetta*, la nave más veloz y sólida del grupo que llevaba al mejor navegante y brindaba mayor seguridad en las maniobras, y era la mejor y más segura opción en su ruta hacia Batavia. Iban a la vanguardia y maniobrando con la agilidad de una gaviota en el mar.

Al poco tiempo de navegar aquella mar picada se había trasformado en una fuerte tormenta que sin llegar a ser un tifón hacia difícil la navegación, y aunque la visibilidad era mala por la bruma, los barcos de la retaguardia pudieron vislumbrar que unas dos o tres naves los venían siguiendo. Aquello no pintaba bien, pero el experimentado Capitán Mountaiviu recomendó mantener un movimiento de amplio zig zag para procurar perderse de vista, y retrasarlos mientras el *Vendetta* iría en línea recta para ganar distancia.

Pero después de varias horas de aquella cansada táctica, a pesar que la fuerte borrasca había aumentado y ensordecía, una o dos de las naves más de la retaguardia creyeron oír algunos estallidos similares a cañonazos en la lejanía y uno de ellos decidió retornar para indagar qué sucedía, pero tuvo que esperar varias horas para que la bruma bajara y empezara a resplandecer el amanecer, tiempo en que los de vanguardia ya iban muy adelantados, ya habían salido del estrecho y navegaban velozmente en mar abierto en dirección de Batavia.

Dieron por asentado que los demás barcos se habían dispersado y desde el *Vendetta* solo se alcanzaba a ver la silueta de otros dos que les seguían. Pero Mia, preocupada por esto, quiso ordenar al capitán del *Vendetta* que regresaran a buscar al galeón donde venía Don Pedro,

El capitán dijo que era peligroso y que no tenía autorización de lo que ella pedía porque era una decisión acordada por todos, y tal vez ni su hermano podría cambiarla por el peligro que esto representaba. Ella rogó, suplicó y hasta lloró, pero su hermano logró calmarla diciéndole que si los habían perseguido talvez a propósito se habían desviado de ruta los demás barcos, para engañar a posibles seguidores, que no se sabía cuántos podían ser.

Se había acordado antes y decidido que todos serian el escudo protector del *Vendetta*, donde venían los dos hermanos, y prometieron bajo juramento cumplirlo dispersando los barcos de retaguardia. Tampoco podían quedarse a esperar sin riesgo, y después de una prolongada lucha de convencimiento, ella aceptó seguir adelante donde estaría la seguridad.

Efectivamente, un día después el *Vendetta* estaba llegando a Batavia, que en ese tiempo era la capital de una de las dos islas más grandes del archipiélago indonesio. Era ya una ciudad más o menos grande y poblada con movimiento de gentes de lo más variado procedentes de todas las regiones del oriente. Había chinos, hindúes, malayos y todas las subvariedades de razas de la región. Toda esta gente llenaba las calles donde pululaban los *rickshaws* transportando a los pasajeros. Así los condujeron a ellos a una zona de la periferia de la ciudad, donde después de un largo camino bordeado de palmeras, al fondo había un inmenso edificio blanco de arquitectura oriental. Los varios rickshaws que les acompañaban con marinos armados para protección se estacionaron en un amplio patio de la mansión. Los oficiales y marinos que les acompañaban como protección llegaron hasta el bardado de bamboo que codeaba un jardín frente a la casa. Una pesada puerta de madera y hierro se abrió y salieron media docena de hombres armados que se colocaron a los lados de la entrada. En el fondo había una mesa con dos más que se adelantaron a recibirlos y uno de ellos preguntó en un mal holandés.

— ¿Quiénes son ustedes y a quien buscan?

Jan repondió al jefe de la naviera holandesa. Somos Jan y María De Vries.

El hombre se volteó a consultar con un anciano en la mesa y contestó.

—Van Grotte está para recibirlos—dijo el anciano, que levantándose de la mesa les invitaba a pasar acompañándolos. Hablaba también en holandés pero con dificultad.

— ¿Van Grotte? —exclamó sorprendido Jan, al mismo tiempo que sin hablar más, el guía les condujo adentro de una lujosa mansión. Se retiró el acompañante y los dejó solos. Desde una escalera venia bajando un personaje de mayor edad, vestido de blanco, y que con ayuda de un bastón al terminar de bajar se dirigió a los dos jóvenes y a cierta distancia les dijo –Entonces, dicen que tú eres María y tu Jan ¿es así?

—Si, señor— dijo Jan con cierta reticencia.

—Pero me han dicho que aquí no vive nadie llamado De Vries, que es la persona a quien buscamos. Que es la casa de un señor Van Grotte. Talvez hemos cometido algún error.

—Creo que no—respondió el anciano—si es que en realidad son ustedes los hijos de mi hermano Oskar.

El hombre a quien tenían enfrente casi no lo conocían, pero al aproximarse recordaron algo familiar por el pelo ahora algo canoso, pequeños anteojos y el bastón con puño plateado que ellos recordaban siempre usaba. Él se aproximó a ellos con expresión de sorpresa.

—Así es que dicen que son ustedes Jan y María—dijo con grave voz y cierta expresión de desconfianza. —Hace mucho tiempo que no los había visto. ¿Pueden decirme el nombre de su madre? —Les preguntó.

—Por supuesto, señor. Se llamaba Helena Forlani.

—Cierto, ella era italiana. creo que empiezo a acordarme de ustedes. En realidad, yo pasaba mucho tiempo ausente viajando por negocios, y los veía solo ocasionalmente. Me he cambiado el nombre por razones que luego sabrán.

—No se preocupe señor, ya el abogado Sassen me ha contado todo este descalabro de problemas con la empresa familiar. Él me dijo que usted se vino a vivir aquí.

—¿Sassen les dijo? Claro. Él era el jefe de abogados de la compañía. Efectivamente, el me ayudó mucho, pero tuve que alejarme de Holanda –dijo con palabras más o menos frías –¿Ahora díganme, ¿qué hacen aquí, como llegaron y de dónde vienen? La última noticia que tuve era que María había desparecido en el naufragio y de Jan tampoco sabía nada.

Todo esto lo hablaban en holandés.

—-Bueno señor Van Grotte—dijo Jan—ya ha tenido suficiente información de nosotros, como que dudara de nuestra identidad. ¿Puedo hacerle solo un par de preguntas?

—¿Por caso desconfías de mí?

—Por supuesto. Usted lo hizo primero.

—Tienes razón. Y si no fuera yo tu verdadero tío, ¿qué harías?

—Tengo quince rickshaws con mis marinos rodeando esta casa y están armados. Ya inmovilizaron a su gente.

—Si lo ví. Entonces, pregunta.

— ¿Cuál era el deporte favorito de mi padre?

—La equitación, muchacho.

—Y cuál el nombre de su caballo.

—Por favor Jan ya terminemos. Esto se está volviendo un mal juego. El caballo se llamaba "El trueno." Yo se lo obsequié a tu padre, y este problema que tengo en la pierna me lo causé cabalgando.

—Discúlpeme señor, quiero saber algo más. Talvez lo recordará, yo también montaba de niño y me reía cuando lo ví caerse un par de veces y usted se enojaba.

—Bueno ya me cansé de este juego. Estamos perdiendo el tiempo. ¿De dónde vienen ustedes? Tengo noticia de su llegada en tres barcos.

—Llegamos de América.

— ¿De América? Eso está lejos, ¿y cómo lo lograron?

—En siete barcos del marido de mi hermana.

— ¿Siete barcos? Si solo son tres. ¿Dónde están los otros? Aquí me informan de todos los arribos.

— Estábamos en una isla portuguesa y descubrimos que había allí barcos con gente de la Dutch, y estaban muy interesados por saber de nosotros. Creímos pasar desapercibidos.

De noche con temporal y el mar muy agitado, salimos de la isla hacia acá, y creímos que ya estábamos a salvo, pero al poco tiempo nos atacaron y a una de nuestras naves la alcanzaron y la hundieron. El tiempo y la tormenta era tan intensos que no pudimos ver como sucedió, ni ver a los atacantes. Otro de nuestros barcos se había hundido tres semanas antes en una tormenta en el océano, y faltan de llegar dos barcos. En uno de ellos viene el marido de mi hermana. Él es el Capitán Pedro de Alvarado, ex Gobernador de la colonia española llamada Guatemala, que se encuentra en América y fué de donde partimos en este viaje. Él es nuestro jefe y dueño de las naves.

—Ah malditos estos mercenarios de la Dutch. Ya lo imagino. Posiblemente alguien les informó la posible llegada de ustedes. Los piratas chinos vigilaban lejos de aquí, algo muy raro.

—Y qué les está pasando? Los siento muy alterados y con miedo. ¿Ha sucedido algo más grave?

—Efectivamente, tío Nathan—respondió Mia, interrumpiendo y secándose la lágrima, y le empezó a referir todo lo que había sucedido por la noche anterior. Y sin haber terminado de hablar ella, la interrumpió y dijo apresuradamente.

—Voy a buscar a mi ayudante. Creo que están en peligro. Esto es urgente, hay que rescatar a tu esposo y a su gente, es obligación nuestra salvarlo a él y a sus hombres y barcos. De inmediato saldrá un grupo de salvamento, con barcos bien artillados y tengo fé y confianza que pronto los tengamos aquí.

Llamó al mayordomo y le dijo que les dieran habitaciones para dormir a esos jóvenes.

—Dejen todo esto en mis manos y váyanse a descansar, lo necesitan después de estas terribles experiencias.

Jan y Mia durmieron largas horas, y cuando despertaron ya era de día. La casa estaba en silencio. Se volvieron a dormir hasta la tarde en que el ayudante del tío Nathan llego a despertarlos.

— ¿Hay algo? —preguntó Mia con ansiedad.

Todavía no—respondió el inglés ayudante de Nathan. Pero como aquí las distancias son largas, llevan tiempo estos problemas de salvamento, y nuestra empresa ha logrado para estos casos de urgencias hacer una línea de dos o tres barcos que se estacionan en el trayecto y se pasan las noticias con palomas mensajeras. Nuestros barcos de búsqueda están cubriendo una amplia zona entre las islas y son naves veloces y artilladas. Ya llegó el primer mensaje y no habían localizado a ninguno de los dos barcos desaparecidos. Mañana seguramente tendremos noticias.

—Qué terrible esta desesperante espera, dijo Mia. Mi pobre Hanne, quién sabe cómo estará. Aunque nunca lo he hecho ahora he rezado la mayor parte de la noche. Por favor Dios mío, devuélvelo.

—Así pasaron días y más días, y los mensajes de las palomas llegaron a diario, hasta el cuarto día hubo algo. Encontraron restos del otro barco llamado *Rebelde,* acompañante del galeón. Los escombros y pedaceria de aquella nave estaban entrampados en un arrecife, y parecían haberse quemado, Pero en un arrecife mayor estaban varios marinos con una lancha salvavidas, y pudieron informar que tres barcos más grandes y pesados que el *Rebelde* los habían atacado y uno de los dos barcos hizo blanco en el polvorín del *Rebelde,* que se incendió. Ellos lograron salvarse en la lancha y estuvieron esperando porque la lancha estaba dañada. Pero sí informaron que aquella noche pudieron ver en el horizonte navegando hacia el este al galeón *Santiago* y más tarde oyeron un intenso y prolongado retumbar atribuible a cañonazos y no pudieron ver más porque estaban lejos y llovía. Así pasaron durante horas, luego nada.

Mia seguía desesperada, y después de varios días de angustia y lágrimas, por fin ella aceptó conversar con el tío Nathan y su hermano, quienes habían estado tratando de calmarla en su desesperada situación. Con toda la delicadeza posible tuvieron que decirle que el objeto de este viaje que su marido había organizado debía cumplirse, es decir llegar a Holanda. Que al galeón le seguirían buscando hasta tratar de encontrarlo, pero que ella y Jan tenían que partir o no llegarían a tiempo para la cita con la Corte de la Federación del Reino Unido de Holanda, donde se decidiría el destino de la Empresa De Vries, y si no llegaban los hermanos perderían el caso.

Siguió explicando que de nada serviría el sacrificio que todos habían realizado y de los que ya habían perecido en el camino. Llegar ellos a la Corte significaría una derrota segura para sus enemigos de la Dutch Republik que los llevaría a estos a la ruina, y afectaría sensiblemente aquel miembro de la Federación que los había patrocinado ocultamente.

Seria un triunfo para el Reino de Holanda, que naturalmente también actuaría en contra de los miembros de la Dutch y de algún otro país que hubieren participado en esta conspiración.

Estos asesinos contratados por la Dutch estaban más que convencidos que de una u otra manera los hermanos De Vries, a quienes les había costado tanto ubicar, así como el ex-gobernador Alvarado, quien los protegió y ocultó, ya estarían muertos o fuera de tiempo para el juicio. No querían ni pensar en lo peor, y era que se hubieren salvado, circunstancia casi imposible, ya que los de la Dutch que les dieron alcance y los atacaron era un numeroso grupo de naves pesadas y bien artilladas.

Les hundieron algunos barcos, y los que lograron escapar hasta Batavia estaban maltrechos, según supieron. El Capitán Alvarado era un terco protector de aquellos jóvenes, y desde hacía largo tiempo con todo lo que tenía a su alcance, sobre todo porque ya sabían sus enemigos que ella era su esposa. Donde iba aquel Capitán iban ellos, y nunca se enteraron sus perseguidores que solo en esta ocasión y casi al final del viaje por primera vez se habían separado de barco.

Los jóvenes iban en la nave más pequeña y veloz, el *Vendetta* y Alvarado en su galeón llamado *Sagunto,* desaparecido y que estaba siendo buscado desesperadamente. Pero la realidad de lo que había sucedido era que ese individuo, el teniente Dubois, quien era un espía de los Dutch, cometió un grave error. A él le habían dicho que se pegara a Don Pedro porque él nunca se separaba de su esposa, la joven De Vries, pero no se enteró que en esta ocasión al final viajaron separados y en diferentes naves.

Su esposa y el hermano de ella llegaron a Batavia en el *Vendetta*, el más veloz de la pequeña flota. Cuatro barcos de la flota del reino de Holanda acompañaron a los De Vries en su viaje de retorno a aquel país, y cuando llegaron, para garantizarles su seguridad, los acomodaron en una villa de campo propiedad de la reina, mientras llegaba la fecha del juicio.

El tiempo siguió pasando, el tío Nathan pudo retornar a su país e informó tristemente a Mia que el barco de su esposo todavía no se encontraba, e inclusive durante largo tiempo estuvo contratando hasta a los piratas con ofertas de grandes recompensas para hallarlo, ya que en aquella región hay miles de islas y un laberinto de canales.

Mountainviu y algunos sobrevivientes del terrible viaje quienes ya se habían desplazado a Holanda traían aquella triste noticia referente a la desaparición del Capitán Alvarado con su barco y otras informaciones tales como sucedieron algunos de los acontecimientos.

Aquella noche bajo la tormenta partieron los barcos de la isla portuguesa para huir del posible peligro en que estaban, el teniente Dubois se bajó del galeón de Don Pedro pensando que con el Capitán Alvarado estarían los De Vries, por lo cual informó a los Dutch, y estos lanzaron el poderoso ataque naval en contra de esa nave sin saber que en esta ocasión los De Vries iban en el barco *Vendetta* y separados de Don Pedro.

Todo esto se supo porque algún tiempo después se enteraron que el teniente Dubois se bajó del galeón español y se coló en el *Gladiador* uno de los barcos que llegaron a Batavia, donde pocos días después recuperaron su cadáver, que fué asesinado en aquella ciudad sin saberse por quién, entonces se descubrió que él era el más hábil espía de la Dutch, infiltrado entre los españoles y en realidad no se llamaba Dubois sino Werner Magermans, y era el hijo de aquel importante Burgomastre de la Dutch Republik, quien promovió la alianza con los cancilleres españoles para acabar con los De Vries y con el Capitán General y Gobernador de aquella colonia en Centroamérica, quien los protegía llamado Pedro de Alvarado.

En el otro lado del mundo también hubo algunas reacciones ante la desaparición de Don Pedro. Allá en la gobernación de Santiago de Guatemala Doña

Beatriz, siendo la gobernadora de la Capitanía General, al enterarse de la desaparición de Don Pedro ordenó que se dijeran responsios en todas las misas de las iglesias mientras que Don Pedro estuviera desaparecido, y cuando pasó algún tiempo ordenó parar los responsios y pintar de negro los once templos de la ciudad, y disponer que durante un año todos los atardeceres de los viernes harían vibrar los ámbitos de la ciudad con las potentes y armónicas voces de los cantos gregorianos proveniente de los templos y conventos, como si fuera una imaginable reclamación a la divinidad con una exagerada devoción,

Unos meses después, aquel impresionante y gigantesco volcán que corona el paisaje de la ciudad de Antigua Guatemala, se inundó de agua debido a un largo temporal de lluvias que azotó la zona. Su cráter se inundó y luego por la gran presión de las aguas reventó y un terrible aluvión arrasó gran parte de los hermosos edificios, algunos palacios y casas.

Los templos de las iglesias y los conventos con muros hasta de tres yardas de grosor resultaron dañados, pero por fortuna, no destruidos, para suerte de las generaciones futuras que podrían así contemplar algo de aquel esplendoroso pasado de varios siglos. Doña Beatriz, en aquella terrible catástrofe también fué otra víctima que perdió la vida, y la gente supersticiosa la empezó a culpar de la catástrofe, según decían por su falta de resignación cristiana ante la muerte de Don Pedro. Desde entonces a esa noble persona le apodaron *la Sinventura Doña Beatriz.*

De aquel oficial Cabeza de Vaca se supo que logró escapar de la cárcel española en México y se marchó hacia el norte donde se dedicó a cultivar y vender sus semillas del tabaco, lejos de las misiones, y procrear una larga y numerosa descendencia, cuyo apellido tuvo alguna futura resonancia en América del Norte.

En Batavia, hasta el momento el único recordatorio que surgía entre aquellas gentes supersticiosas de la región, era que algunos marinos decían que varias veces por la noche habían visto la imagen de un imponente barco con la figura de los galeones españoles en la ruta de Batavia, y que luego se esfumaba. Le llamaban el gran barco de Alvarado, mito que vino a agregarse a las leyendas del mar en aquella región.

Mia llegó a Holanda sin noticias sobre el destino de su esposo, y como el tiempo inexorable pasaba, sin que supieran algo de él, ante esas situaciones hay personas que se desesperan terriblemente, que sienten que no hay nada más en su vida, que ante la pérdida del ser más querido no hay resignación posible, y así estaba Mia. Pero un par de meses más tarde hubo un inesperado acontecimiento que empezó a hacerla sentirse confortada ante el dolor y la tristeza, porque fué algo sublime que le aliviaría en su dolor. Estaba embarazada.

Capitulo 11

Una lujosa y amplia sala de conferencias en la ciudad de Amsterdam estaba ocupada esa tarde por una numerosa concurrencia de invitados componentes de las clases económicas, políticas y sociales más altas de Holanda, incluyendo funcionarios del gobierno y la corte.

Después de varios minutos de espera, ingresó una dama de treinta y tantos años de edad y de impresionante belleza, elegantemente vestida, con el pelo rubio cobrizo recogido ligeramente y salpicado de líneas plateadas con pequeñas chispas de brillantes que hacían resaltar más su figura. Venía acompañada de dos caballeros de cierta edad, otro que frisaría treinta y tantos años y un jovencito de unos seis años. Ellos ocuparon el podio del salón.

Al mismo tiempo el ujier de la puerta anunció.

—Arribó su excelencia Madame Mia De Vries, Condesa de Alvarado y Presidenta Unica de la De Vries Dutch Company y de sus anexos y Corporaciones Empresariales y Navieras en las colonias holandesas situadas en el lejano oriente. La acompañan, el vicepresidente de las mencionadas entidades y Director general del Trust Marítimo Holandés Jan De Vries, el abogado de la empresa Honorable Hubert Sassen, el Consejero Nathan de Mountainviu y el jovencito Pedro de Alvarado De Vries, hijo de Madame Mia De Vris.

Todos los presentes se pusieron de pies y prorrumpieron con aplausos.

Cuando ya estaban todos acomodados en el podio, después de unos minutos de espera tomó la palabra la Presidenta De Vries, y lo primero que hizo fué pedir un minuto de silencio para recordar al hombre quien les dió a ella y a su hermano la protección y la seguridad para poder sobrevivir durante varios años en su lejano país y llegar vivos a Holanda, a pesar de la persecución y los terribles obstáculos que enemigos acérrimos e implacables les pusieron en su camino para acabar con sus vidas.

Continúo exponiendo.

—Estaban tratando de acabar con nosotros para impedir así nuestra llegada a recibir los títulos de un importante derecho hereditario. El objeto de esta poderosa tentativa criminal era apoderarse de todas aquellas instituciones soportes de la gran economía del Reino de Holanda que, si hubieren caído en manos extrañas como estaba por suceder, se hubiera perdido la existencia y el poder de esta corporación que manejaba el destino de miles de gentes y el tesoro de diversas compañías en Europa y en sus colonias de Asia. Todo esto se evitó y logró recuperar gracias al valiente hombre merecedor de este homenaje que se está realizando hoy, y el fué el Adelantado Don Pedro de Alvarado, Capitán General y gobernador de una colonia española en América quien logró ese heroico salvamento. Con el sacrificio de su alta posición política e inclusive de su propia vida les brindó a los De Vries su protección y un refugio seguro, permitiéndoles llegar a este destino burlando todos los peligros que aquellos poderosos enemigos desesperados les habían plantado.

— Nuestros barcos en que atravesamos el gran Océano Pacifico no eran como las grandes naves mercenarias o las de la Dutch Republic, que dominaban en el Oriente, y otras que nos acechaban en diversos mares—agregó la Condesa.

—El tiempo ha pasado, las pasiones e intereses se han aplacado, lo cual me ha permitido hasta ahora sacar a luz esta historia—dijo la Presidenta De Vries— cuando la Federación del Reino de Holanda encontró la fórmula para devolver esta inmensa empresa, la joya en la Corona, a sus verdaderos dueños, salvando así su centenaria existencia.

—Después de una larga lucha en que vencimos en los juicios—continúo diciendo la Condesa De Vries —hemos ganado y logrado recuperar y cobrar viejas cuentas, algunas manchadas con sangre por criminales poderosos de varios países que se ocultaban en sus propios gobiernos. Y luego de fiscalizar todo, ¡oh sorpresa! tanto de parte de la Dutch Republik, y secundariamente otros países amigos, nos hemos venido a encontrar a los culpables de las refinadas conspiraciones existentes, y aquellos gobiernos se vieron obligados a abrir sus propias investigaciones entre sus funcionarios corruptos con altas posiciones y desenmascararlos. La Dutch Republik a raíz de esto fué a la bancarrota, cambió de gobierno y los sicarios contratados fueron juzgados y algunos ejecutados. En Luxemburgo, personalmente el Duque gobernante de aquel país asistió a los juicios por corrupción que impusieron las sentencias a varios de sus propios colaboradores. Al director vigilante y prosecutor de la Corte en España y Consejero Real Numancio Flavio Monsanto, sobrino favorito del difunto anterior Rey Carlos primero, el nuevo monarca del imperio se vió obligado a llevarlo a la cárcel más lóbrega del país por su participación en aquellos delitos encubiertos durante años. El ex-canciller de la corte, habiendo perdido sus bienes y al saber la amenaza que se cernía sobre él, prefirió el suicidio. Al Obispo, también un antiguo concejero del Reino de

España, desde el Vaticano le impusieron retiro obligado en un monasterio con voto de silencio por el resto de su vida. Y junto a ellos cayeron cómplices de menor importancia, incluso consignados a la inquisición por haber intentado involucrar a la Iglesia en acciones criminales.

—Hasta ahora nadie hubo siquiera mencionado todas las diabólicas maniobras que aquellos hombres realizaron, principalmente los personajes encubiertos de la Dutch Republik para destruir a los hermanos De Vries y por derivación al valioso conquistador de una parte de América, Don Pedro de Alvarado y su familia, llegando aquellos implacables conspiradores incluso a sacrificar numerosas vidas para lograr sus propósitos.

—El Capitán Alvarado fué quien hizo posible descubrir todo lo anterior con su invaluable ayuda a los hermanos De Vries y sin importarle el riesgo y precio que pagaría. Es por eso que el merecido homenaje ahora realizado a ese valiente ser humano no vale menos que este caudal de valores humanos y materiales salvados gracias a su inconmensurable valentía y sacrificio.

Al salir de la sesión, Mia con su pequeño hijo, su hermano Jan y su cuñada Eduviges, partieron para el museo donde estaba aquella pintura de cuerpo entero del Capitán y gobernador Don Pedro de Alvarado, plasmada en un amplio segmento de pared y que fué traído desde América por Mia, su esposa. La pintura estaba situada en un imponente lugar del museo, deslumbrando a quienes contemplaban aquella radiante imagen de personalidad, con una dorada inscripcion que decia "Este es el hombre que antes de desaparecer tuvo que aprender a amar y ser amado, y solo una vez en su vida pudo buscar para si el amor, y lo encontró."

Cuando todos se hubieron retirado despés de un corto tiempo y quedando ella sola, exclamó con gran emoción.

—Amor mío, ya puedes descansar. Han caído tus últimos enemigos, aquellos poderosos y malvados instigadores. Tú y los tuyos están vengados, y tristemente tú ya no estas para verlo—dijo con un sollozo reprimido.

—Pero nunca te olvidaré.

FIN

ACERCA DEL AUTOR

El autor de este libro nació en una época en que la mayor parte de los gobiernos de Latinoamerica estaban regidos por militares nacionalistas, necesarios entonces a falta de una cultura democrática difícil de implantar en la región.

Toda su carrera la realizó con becas hasta obtener los despachos de oficial del ejército de Guatemala en la Escuela Politécnica, luego también obtuvo el título de Medico y Cirujano en la Escuela Medico Militar de México, ambos centros de estudios de reconocido prestigio y tradición.

Sus actuaciones le llevaron a ocupar el cargo de ministro de Salud Pública y Asistencia Social de Guatemala, luego a la embajada de su país en Italia y después a la embajada en Panamá durante una época de cambios importantes.

Posteriormente se dedicó varios años a la practica de la medicina social en México y luego pasó a los negocios privados. Actualmente reside en Scottsdale, Arizona, en los Estados Unidos.

OTRA OBRA DEL AUTOR

El Médico de Matías

El Médico de Matías presenta un enfoque novelado sobre las apreciaciones que existen con respecto a quienes se dedican a ciertas profesiones como la medicina, la diplomacia y la milicia. Se cree comúnmente que estos profesionistas llevan una vida plena de satisfactores laborales sociales y económicos.

La obra expone la vida azarosa, tensinógena, peligrosa y a veces hasta mortal dentro de la cual ellos se desempeñan. El libro no trata de magnificar ni de disminuir lo que hacen los médicos, diplomáticos y militares, sino tan solo refiere lo que se encontró durante la larga trayectoria en el tiempo y en el espacio de varios países con respecto a la vida de dichos profesionistas.

Una gran mayoría de ellos son victimas de presiones políticas que los inhiben, así como de criterios deformados que los estigmatizan e intereses creados que los aplastan y anulan en sus afanes.

Los médicos se sumergen tanto en su difícil tarea profesional que se olvidan de defenderse ante el mundo exterior. En la diplomacia se vive como rico y a veces se acaba como pobre. En la milicia y en muchos países si se llega a viejo, vivo, ya es una suerte.

A la venta en Amazon y otras librerías.